NA BERMA DE NENHUMA ESTRADA

Obras do autor na Companhia das Letras

Antes de nascer o mundo
Cada homem é uma raça
A confissão da leoa
Contos do nascer da Terra
E se Obama fosse africano?
Estórias abesonhadas
Na berma de nenhuma estrada
O fio das missangas
O gato e o escuro
A menina sem palavras
O outro pé da sereia
Um rio chamado Tempo, uma casa chamada Terra
Terra sonâmbula
O último voo do flamingo
A varanda do frangipani
Venenos de Deus, remédios do Diabo
Vozes anoitecidas

MIA COUTO

Na berma de nenhuma estrada
e outros contos

1ª reimpressão

Copyright © 1987 by Mia Couto e Editorial Caminho SA, Lisboa

A editora manteve a grafia vigente em Moçambique, observando as regras do Acordo Ortográfico da Língua Portuguesa de 1990.

Capa
Alceu Chiesorin Nunes

Ilustração de capa
Angelo Abu

Revisão
Ana Maria Barbosa

Dados Internacionais de Catalogação na Publicação (CIP)
(Câmara Brasileira do Livro, SP, Brasil)

Couto, Mia
Na berma de nenhuma estrada e outros contos / Mia Couto.
— 1ª ed.— São Paulo : Companhia das Letras, 2016.

ISBN 978-85-359-2755-9

1. Contos moçambicanos (Português) I. Título.

15-03010   CDD-869.3

Índice para catálogo sistemático:
1. Contos : Literatura moçambicana em portugês   869.3

[2016]
Todos os direitos desta edição reservados à
EDITORA SCHWARCZ S.A.
Rua Bandeira Paulista, 702, cj. 32
04532-002 — São Paulo — SP
Telefone: (11) 3707-3500
Fax: (11) 3707-3501
www.companhiadasletras.com.br
www.blogdacompanhia.com.br
facebook.com/companhiadasletras
instagram.com/companhiadasletras
twitter.com/cialetras

Ao Carlos Cardoso que me enviou o poder da verdade contra a mentira dos poderosos

*(Diante do amor
ela arrepiou o coração:
não tenho asas para tanto paraíso!)*

Sumário

O menino no sapatinho 11
Ofélia e a eternidade 17
Bartolominha e o pelicano 21
Fosforescências 25
O fazedor de luzes 29
As lágrimas de Diamantinha 35
Isaura, para sempre dentro de mim 41
O moço não mental 45
Francolino e Lucinha 49
O arroto de Dona Elisa 55
A bênção 59
A morte, o tempo e o velho 67
A outra 71
Prostituição auditiva 77
Amor à última vista 81
O último ponto cardeal 87
As cartas 91
A multiplicação dos filhos 95
As revelações do falecido 99
Ezequiela, a humanidade 105

Dois corações, uma caligrafia 109
A cantadeira 115
Homem no leito. 121
Na berma de nenhuma estrada 125
O amante do comandante 131
O assalto. 137
Os amores de Alminha. 141
O escrevido. 145
O falecimento 149
Os gatos voadores 153
Os vizinhos 159
A adivinha. 163
E para o baile! 169
Na terceira pessoa 175
Prenda de anos 179
Ave e nave. 181
A confissão de Tãobela 185
Rosita 189

O menino no sapatinho

Era uma vez o menino pequenito, tão minimozito que todos seus dedos eram mindinhos. Dito assim, fino modo, ele, quando nasceu, nem foi dado à luz mas a uma simples fresta de claridade.

De tão miserenta, a mãe se alegrou com o destamanho do rebento — assim pediria apenas os menores alimentos. A mulher, em si, deu graças: que é bom a criança nascer assim desprovida de peso que é para não chamar os maus espíritos. E suspirava, enquanto contemplava a diminuta criatura. Olhar de mãe, quem mais pode apagar as feiuras e defeitos nos viventes?

Ao menino nem se lhe ouvia o choro. Sabia-se de sua tristeza pelas lágrimas. Mas estas, de tão leves, nem lhe desciam pelo rosto. As lagriminhas subiam pelo ar e vogavam suspensas. Depois, se fixavam no teto e ali se grutavam, missangas tremeluzentes.

Ela pegava no menino, com uma só mão. E falava, mansinho, para essa concha. Na realidade, não falava: assobiava, feita uma ave. Dizia que o filho não tinha entendimento para palavra. Só língua de pássaro lhe tocaria o reduzido coração. Quem podia entender? Ele há dessas coisas tão subtis, incapazes mesmo de existir. Como essas estrelas que chegam até nós mesmo depois de terem morrido. A senhora não se importava com os dizquedizeres. Ela mesmo tinha aprendido a ser de outra dimensão, florindo como o capim: sem cor nem cheiro.

A mãe só tinha fala na igreja. No resto, pouco falava. O marido, descrente de tudo, nem tinha tempo para ser desempregado. O homem era um fiorrapo, despacha-gargalos, entorna-fundos. Do bar para o quarto, de casa para a cervejaria.

Pois, aconteceu o seguinte: dadas as dimensões de sua vida e não havendo berço à medida, a mãe colocou o menininho num sapato. E cujo era o esquerdo do único par, o do marido. De então em diante, o homem passou a calçar de um só pé. Só na ida isso o incomodava. Na volta, ele nem se apercebia de ter pés, dois na mesma direção.

Em casa, na quentura da palmilha, o miúdo aprendia já o lugar do pobre: nos embaixos do mundo. Junto ao chão, tão rés e rasteiro que, em morrendo, dispensaria quase o ser enterrado. Uma peúga desirmandada lhe fazia de cobertor. O frio estreitasse e a mulher se levantava de noite para repuxar a trança dos atacadores. Assim lhe calçava um aconchego. Todas as manhãs, de prevenção, ela avisava os demais e demasiados:

— *Cuidado, já dentrei o menino no sapato.*

Que ninguém, por descuido, o calçasse. Muito-muito, o marido quando voltava bêbado e queria sair

uma vez mais, desnoitado, sem distinguir o mais esquerdo do menos esquerdo. A mulher não deixava que o berço fugisse da vislembrança dela. Porque o marido já se outorgava, cheio de queixa:
— *Então, ando para aqui improvisar um coxinho?*
— *É seu filho, pois não?*
— *O diabo que te descarregue!*
E apontava o filhote: o individuozito interrompia o seu calçado? Pois que, sendo aqueles seus exclusivos e únicos sapatos, ele se despromoveria para um chinelado?
— *Sim* — respondeu a mulher. — *Eu já lhe dei os meus chinelos.*
Mas não dava jeito naqueles areais do bairro. Ela devia saber: a pessoa pisa o chão e não sabe se há mais areia em baixo que em cima do pé.
— *Além disso, eu é que paguei os tais sapatos.*
Palavras. Porque a mãe respondia com sentimentos:
— *Veja o seu filho, parece o Jesuzinho empalhado, todo embrulhadinho nos bichos de cabedal.*
Ainda o filho estava melhor que Cristo — ao menos um sapato já não é bicho em bruto. Era o argumento dela mas ele, nem querendo saber, subia de tom:
— *Cá se fazem, cá se apagam!*
O marido azedava e começou a ameaçar: se era para lhe desalojar o definitivo pé, então, o melhor seria desfazerem-se do vindouro. A mãe, estarrecida, fosse o fim de todos os mundos:
— *Vai o quê fazer?*
— *Vou é desfazer.*
Ela prometia-lhe um tempo, na espera que o bebé

graudasse. Mas o assunto azedava e até degenerou em soco, punhos ciscando o escuro. Os olhos dela, amendoídos ainda, continuaram espreitando o improvisado berço. Ela sabia que os anjos da guarda estão a preços que os pobres nem ousam.

Até que o ano findou, esgotada a última folha do calendário. Vinda da igreja, a mãe descobriu-se do véu e anunciou que iria compor a árvore de Natal. Sem despesa nem sobrepeso. Tirou à lenha um tosco arbusto. Os enfeites eram tampinhas de cerveja, sobras da bebedeira do homem. Junto à árvore ela rezou com devoção de Eva antes de haver a macieira. Pediu a Deus que fosse dado ao seu menino o tamanho que lhe era devido. Só isso, mais nada. Talvez, depois, um adequado berço. Ou quem sabe, um calçado novo para o seu homem. Que aquele sapato já espreitava pelo umbigo, o buraco na frente autorizando o frio.

Na sagrada antenoite, a mulher fez como aprendera dos brancos: deixou o sapatinho na árvore para uma qualquer improbabilíssima oferta que lhe miraculasse o lar.

No escuro dessa noite, a mãe não dormiu, seus ouvidos não esmoreceram. Despontavam as primeiras horas quando lhe pareceu escutar passos na sala. E depois, o silêncio. Tão espesso que tudo se afundou e a mãe foi engolida pelo cansaço.

Acordou cedo e foi direta ao arbusto de Natal. Dentro do sapato, porém, só o vago vazio, a redonda concavidade do nada. O filho desaparecera? Não para os olhos da mãe. Que ele tinha sido levado por Jesus, rumo aos céus, onde há um mundo apto para crianças. Descida em seus joelhos, agradeceu a bondade divina. De relance, ainda notou que lá no teto já não brilhavam as lágrimas do seu menino. Mas ela desviou o olhar, que essa é a competência de mãe: o não enxergar nunca a curva onde o escuro faz extinguir o mundo.

Ofélia e a eternidade

Quem amamos nasce antes de haver o tempo. Passou o tempo e Ofélia era ainda a única mulher no mundo. Eu a via passar na rua, afastava os cortinados e o universo ganhava súbita explicação. Ela parava no passeio, sentindo que estava sendo contemplada. Meus olhos a tornavam sagrada. E não havia palavra.

Passou o tempo mas a cintura dela se conservava menininha, convidando as mãos a circum-navegarem seu corpo.

— *Você é linda, Ofélia.*

Mas ela! Não eram essas as palavras que mexiam em sua alma.

— *Diga que sou eterna* — pedia.

Eu não era capaz de cumprir aquele pedido. Algum senão me desviava a voz. E nunca repeti tão solicitadas palavras.

Afinal, o destino nos separou. Único culpado dessa pequena morte: o tempo, esse animal que defeca memórias. Eu fui para a cidade, ela permaneceu onde sempre existira. No último momento, afastei a cortina e a vi sob a árvore. Saí para me despedir:

— *Está apanhando sombra?*
— *Estou sendo sombra, eu.*

Ela se entregava a enigmas, frases desfeitas. Anunciei:

— *Vou para o litoral.*
— *Vai ver o mar?*
— *Certamente.*

Antes de eu desaparecer ela me pediu outra vez. Não queria eu proclamar sua eternidade? Abanei a cabeça. Dessa vez até aceitei um esforço. Mas, debaldemente. Aquelas palavras me pareciam uma heresia, coisa demasiado excessiva. Eternidade é assunto divino. Mais sagrado que a morte.

Saí por anos. Foi mais a ausência que o afastamento. Regressei à pequena vila para a reencontrar. Ofélia já reeditara sua existência. Tivera seis filhos. Dois que já não constavam, vencidos por um correr das águas. Dizem. Naquelas mortes de seus meninos ela morrera também. Ela fora com eles. Para esse inominável lá.

— *De lá já voltei ninguém* — disse ela, pedindo desculpas de sua tristeza quando nos reencontrámos.

Atacada de incorrigível melancolia. Agora, ela se tinha toda convertido em sombra. E nenhuma luz lhe dava alento. O luto em seus olhos me avisou: os cortinados de meu quarto se fechariam sobre todas as ruas onde ela passasse.

Sugeri-lhe que nos déssemos encontro. Breve, sem consequência. Marcámos nas traseiras dos Correios.

Cheguei-me e não soube que palavras escolher. O momento pedia-me um idioma que não há. Eu me faltava. Ela me olhou como se eu fosse quem tivesse demorado. Como se eu fosse culpado.

— *Vou-lhe contar uma história* — disse eu apenas para amachucar o silêncio.

Ela reagiu prontamente:

— *Nunca, mas nunca, me conte histórias.*

Era tanta a veemência que eu me atrapalhei com o sem-querer da minha ofensa.

— *Odeio história* — rematou ela.

Deixou uma pausa, esperando em pose e apelo. Aguardava, quem sabe, que eu perguntasse porquê. Como eu me mantivesse mudo, ela somou:

— *História é contra a eternidade.*

Acenei com a cabeça. Perdera os filhos, não perdera aquela viciada ideia.

— *Sou eterna, não lembra?*

Depois ela me segurou na mão e me perguntou:

— *Me trouxe um mar?*

— *Sim.*

Mentira. Eu só podia mentir perante o pedido. Ela ficou, imóvel, esperando. Esperava? Que mar lhe havia eu de dar, se nenhum me coubera, nem grão de areia, nem concha, nem búzio. E, no entanto, ela estava defronte a mim como se aquele momento resumisse toda nossa existência. Fiquei tão desarmado que uma lágrima desaflorou em meus olhos. Depois aconteceu, sem decisão pensada. Aquilo me saiu, à parte de minha vontade. De repente, quase imperceptíveis, as palavras me afluíram:

— *Você é eterna, Ofélia.*

Ela levantou o rosto e me enfrentou como se me descobrisse em primeira vez. Se aproximou e me beijou. Estendeu os dedos e recolheu esse esboço de água em meus olhos. Depois, com voz sumida:

— *Obrigada por este mar.*

Desde aquele momento, nunca mais voltaram a morrer seus dois filhos falecidos. Que eu diria: meus dois filhos de lá. Porque sou Ofélia, eu mesmo que desfolho esta estória. Sim, sou a mulher a quem, certa vez, na ponta dos dedos, foi oferecido o mar. O resto é a minha eternidade contra a história. Pois nunca existiu homem nenhum que me tivesse amado e empreendesse, alguma vez, viagem alguma para além deste lugar.

Bartolominha e o pelicano

Vivia em ilha ventada, onde mais ninguém. Chamava-se Bartolominha, era minha avó favorita. O lugar dela era mais arejado que o céu, exposto ao longe e ao esquecer. Seu marido, Bastante António, sempre fora o faroleiro. Exercia aquelas luzes, noite adentro, sem que nenhuma vez tenha faltado no seu alto posto. Mesmo sem salário durante consecutivos anos, ele se manteve em fiel atividade. Esqueceram-se dele ali, os dos serviços centrais, lá onde o dinheiro brilha e a gente apodrece. Impassível, sem se queixumar, o avô Bastante se impunha a si mesmo, infalível, nessa missão de iluminar as grandes rochas da costa. Nunca por seu lapso barco algum desfaleceu de encontro à rebentação.

De pouco lhe valeu tanta diligência: Bastante António morreu quando subia a enorme escada em caracol. Seu corpo subia mais rápido que o coração. Num segundo, essa intermitente luz de dentro deixou de lhe iluminar o peito. A notícia chegou-nos anos depois quando um ocasional barco passou por nossa cidade.

A família, de pronto, se fez ao mar. Havia que resgatar Bartolominha. A avó não podia ficar assim sem amparo naquela tão distante solidão. Acompanhei os restantes nessa missão de recuperar nossa idosa parente. Muito quem chorava era minha mãe, sua dileta filha. Durante a viagem de barco ela se inconsolava: quem sabe a avó, entretanto, já desistira de viver e não tinha tido quem a enterrasse?

Desembarcámos com o peito enrodilhado, olhando a medo os recantos do sítio. Suspirámos alto quando Bartolominha veio às rochas, envolta em sua capulana, a mesma que eu nela sempre recordava. Quando lhe falámos em sair dali, ela se contrafez. Afinal, viéramos buscá-la? Pois que fôssemos na mesma via de regresso, que ela dali não arredava. Argumentou meu pai que ela não podia viver isolada de tudo, em lugar tão despertencido de gente. Falou meu tio que ali não chegava nem desembarcava notícia. Minha mãe acrescentou muitas lágrimas, com alma entalada na garganta.

Bartolominha respondeu, sem palavra, apontando a campa junto ao farol. Depois, se afastou e ficou de costas olhando o mar. Era como se, em silêncio, nos convocasse. Alinhámos com ela, perfilados frente ao oceano. Que queria ela dizer, assim muda e queda? Usava o oceano como argumento? Meu tio ainda insistiu:

— *Quem lhe arranja sustento?*

Nos mostrou, então, o pelicano. Era um bicho que ela criara desde pequenino. A ave se afeiçoara, mais doméstica que um familiar. A pontos de ir e vir e, todos os dias, lhe trazer peixe para ela se refeiçoar.

— *Tenho que ficar aqui, regar o farol. Foi o meu*

Bastante que me pediu para eu não deixar emagrecer este farol.

Regressámos sem a conseguir demover. Eu fiquei com o pensamento roendo-me o sono. Durante noites fui roubado ao descanso. Podia eu deixar o assunto assim? Não, eu não podia desistir.

E voltei a visitar a ilha. Demorei-me ali uns tantos dias. Juntei argumento, aliciei convite. A avó que viesse que eu lhe daria guarida e aconchego em minha nova casa. Mas nada. O mesmo sorriso desdenhoso lhe vinha aos lábios. Depois lhe sugeri que viesse comigo viajar por terras lindas.

— *Só quero viajar quando for completamente cega.*

Estranhei. Nem respondi, esperando que mais se explicasse. E sim, ela continuou:

— *É que eu vivi tudo tão bonito que só quero visitar lugares que já estejam dentro mim.*

Arrumei a vontade. A velha senhora tinha raízes fundas. Em desfecho de conversa, eu lhe disse que, quando fosse, no dia seguinte, deixaria um barco amarrado nas árvores da praia. Para o que desse. Ela encolheu os ombros, enjeitando de vez a minha teimosia.

Nessa noite, jantámos em silêncio sob o peso de uma não dita despedida. Bartolominha proclamou o seu cansaço e anunciou que se ia retirar para seu quarto. Fizera do farol o seu aposento. Ela subiu os primeiros degraus e, antes de desaparecer no escuro, chamou o pelicano. Deitava-se com o bicho. Dormiam, inclusive, na mesma cama. Ele lhe estendia as asas e ela adormecia abraçada ao passarão. Dizia que assim seu corpo aprenderia a arte de voar.

— *Uma dessas tardes vou com ele, por esses aforas.*

Deitei-me olhando as estrelas como buracos no fundo preto de um teto. Me deixei adormecer mas logo fui despertado por um estranho pesadelo. Na realidade, eu não sonhava com nada. Nem mesmo entendia o porquê desse meu impulso ao erguer-me da esteira. Era como se eu fosse guiado por vozes, escuro adentro. Me dirigi à campa e raspei as areias com os pés. Descobri então que o buraco era raso: a sepultura não tinha fundura nenhuma. Quando me debrucei sobre os restos vi os ossos que se esfarelavam. Eram ossos de pássaro. E um muito volumoso bico.

O meu coração bateu, desordenado. Subi as escadas, tão veloz que as tonturas quase me roubaram do mundo. Não cheguei a tempo. Junto ao patamar do farol ainda toquei uma pena branca, esvoadiça. Fiquei na varanda com o vento me vestindo a alma. Num certo momento, ainda pensei vislumbrar Bartolominha revoando como se dançasse na fugaz intermitência do farol. Desde essa noite sou eu o faroleiro da ilha do avô Bastante. E aceno quando passam as grandes aves.

Fosforescências

Dona Amarguinha era tão magra que só lhe servia roupa de luto. Viúva, não se retirava da penumbra da loja que lhe restara do casamento. Detrás do balcão, quase nem se apercebia seu vulto. E era como se ela se tivesse antepassado, descriatura. As gentes entravam naquele lugar sombrio com o respeito de quem penetra num local de culto.

A cantina ficava em meio da praça — a vila por ali desfilava. Passavam as mulheres matinais, os velhos poeirentos, as moças em idade divorciadoura. A todos ela espreitava da obscuridade. Como se a sombra lhe desse uma intransponível ilha. E daquele abrigo ela assistisse ao proceder do tempo.

Também eu passava por ali regressado de minhas aulas noturnas. A mim ela me repetia a sempre igual pergunta: se havia passado no cemitério. E sempre eu apressava uma resposta:

— *Sim, passei.*
— *Não viu fosforescências?*

Fosforescências? Sim, fogos-fátuos, chamas sem labareda por dentro. Emanavam das profundezas, cinzas luzentes pairando no lugar dos mortos. O que produzia tais súbitas claridades eram pirilampejos das almas, os fosfogénicos falecidos virando de posição. Carecemos de explicar o mundo quando tememos as acontecências. Mas Dona Amarguinha nem precisava de explicação. A bem dizer, ela só falava depois da lágrima. Apenas usava de palavra depois de, nos recantos dos olhos, lhe surgir uma aguinha trémula.

— *Viu ou não viu?*

E eu que sim, que tinha visto luzinhas se estrelinharem sobre as campas.

— *Sabe o que é? É o sacana do meu falecido.*

A razão das fosforescências era o seu marido Naftal em poucas-vergonhices. Já em vida quando fazia amor com ela se acendiam aquelas luzes na obscuridade.

— *Aquilo é o sacana na brincadeira com outras.*

— *Com outras?*

— *Sim, com falecidas.*

Seguiam-se impropérios, a velha desfeava as palavras. Que ele se atolasse nos pântanos do Inferno, malandro do homem que lhe prometera a mais bela das promessas, juramento mais cheio nenhum marido pode encomendar: que um dia ele a levaria a passear onde só as nuvens conseguem alcançar.

Imitava o falecido, em tom jocoso: Queixa-se, mulher, que eu nunca a levo a passear? Pois eu lhe mostrarei caminhos que nem ninguém sonhou. Lembrando-se, ela ria com a mesma amargura que exibia em seu nome. E apontava sem olhar, dedos cegos indicando as alturas:

— *Além de lá, nas nuvens.*
Certa noite me decidi ir ter com ela, pesando em mim a mentira. Queria confessar que tinha professado verdade, que eu jamais passara pelo cemitério. Quando cheguei à cantina da viúva deparei com um ruidoso juntamento. Se encrespavam ali os burburinhos. Os rostos eram de ocorrência. Inquiri, ansioso, a razão da multidão.

As vozes ziguezagueavam, em confuso enredo. Resumindo e não concluindo: Dona Amarguinha tinha sido levada, em emergência, a saúde dela já sem estado. A velha estava desfalecida? Nem tanto, porque seus olhos rebrilhavam no rosto magro enquanto chamava pelo defunto marido:

— *Naftal, ó Naftal, não vás!*
É que ela estendia os braços para o vazio a pontos de fazer medo. Que a loucura a ela chegara, já se sabia. Mas a pontos daqueles acessos, isso era novidade. E aquilo, quem sabe, podia ser doença de contagiar os próprios mortos e deixar a vila atreita a visitações das almas. Levassem, sim, a desordenada velha e lhe dessem uma guarida para a sua mente vadia.

Aos poucos todos se retiraram. A bisbilhotice é como o gafanhoto: só desanda quando não resta mais folha para roer. A vizinhança se foi, deixando um descampado vazio, nunca o pátio da cantina parecera tão imenso a meus olhos. Subi a escadaria empurrado por dolorosa estranhez. A tristeza me doía como se fora uma doença caranguejando em meus ossos.

Entrei no quarto de Amarguinha. A meus olhos, a

penumbra se foi desnudando. A primeira coisa que eu vi: uma flor abandonada sobre a cómoda. E depois como que um baque em meu entendimento: da cama desalinhada exalavam ainda fosforescências. Como se Naftal e sua esposa ainda cumprissem conjugalidades, seus corpos inventando eternidades.

Me sentei no leito e me quedei frente a um espelho tão idoso que nele me revi com meu rosto de menino. Alisei a dobra do lençol: todo o gesto era inútil como travesseiro que se desse a um morto. Repente, na almofada a mancha me despertou. Sangue? Não, eram marcas de *bâton*. Aquilo muito me espantou: a viúva enfeitara os lábios, debruara de vida seu rosto.

E aconteceu conforme meus dedos roçavam a fronha: a almofada se foi desfazendo. Do rompido irrompia um algodãozinho miúdo que depois foi crescendo e se tornou bastante infinito como se ansiasse habitar os além-céus. Abri a janela e aqueles flocos brancos foram subindo, condecorando os céus com as mais luzentes nuvens que jamais por ali esvoaram.

O fazedor de luzes

Estou deitada, baixo do céu estreloso, lembrando meu pai. Nesse há muito tempo, nós nos dedicávamos, à noite, a apanhar frescos. O céu era uma ardósia riscada por súbitos morcegos, desses caçadores de perfumes.
— *Pai, eu quero ter uma estrela!*
— *Estrela, não: é muito custosa de criar.*
Eu insistia. Queria possuir estrela como as outras meninas tinham brinquedos, bonecos, cachorros. Aqui, no rés da terra, eu não podia ter nada. Ao menos, lá no infirmamento, se autenticassem minhas posses.
— *Mas, pai: o senhor diz que faz criação de estrelas.*
— *Fazia, tive que entregar todas. Eram dívidas, paguei com estrelas.*
— *Eu sei que sobrou uma.*
Meu pai não respondia nem sim nem talvez. Era um homem vagaroso e vago, sabedor de coisas sem teor. Dedicava-se a serviços anónimos, propício a nenhum esforço. Dizia:
— *Sou como o peixe, ninguém me viu transpirar.*
E me alertava: veja o musgo, que é o modo do muro

ser planta. Quem o rega, quem o aduba? Nada, ninguém. Há coisas que só paradas é que crescem.

— *É, minha filha: aprenda com o mineral. Ninguém sabe tanto e tão antigo como a pedra.*

Cuidava-me sozinha, órfã eu, viúvo ele. Ou seria ele o órfão, sofrendo do mesmo meu parentesco, o falecimento de minha mãe? Perguntas dessas são incorrigíveis: quem sabe é quem nunca responde. Na realidade, meu nascimento foi um luto para meu pai: minha mãe trocou de existir em meu parto. Me embrulharam em capulana com os sangues todos misturados, o meu novinho em gota e o dela já em cascata para o abismo. Esse sangue transmexido foi a causa, dizem, de meu pai nunca mais comprimar olho em outra mulher. Em minha toda vida, eu conheci só aquela exclusiva mão dele, docemente áspera como a pedra. Aquele côncavo de sua mão era minha gruta, meu reconchego. E mais um agasalho: as estranhas falas com que ele me nevoava o adormecer.

— *Você escuta os outros se lamentarem de seu pai.*

— Não escuto, não — menti.

— *Dizem eu não faço nada na vida, não faço nem ideia.*

E prosseguia, se perdoando:

— *Mas eu, minha filha, eu existo mas não sei onde. Nessa bruma que fica lá, depois do estrangeiro, nessa bruma é que você me vai encontrar a mim, exato e autêntico. Lá fica minha residência, lá eu sou grande, lá sou senhor, até posso nascer-me as vezes que quiser. Eu não tenho um aqui.*

— *Não diga assim, pai.*
— *Havia de ver, minha filha, lá eu não sou como neste lado: não cedo conversa a um qualquer. Pois, nesse outro mundo, filhinha, eu tenho o mais requerido dos serviços: sou fabricador de estrelas. Sim, faço estrelas por encomenda.*
— *Verdade, pai?*
— *Verdade, filha. Pergunte a Deus, sou até fornecedor do Paraíso.*

Voltávamos ao quintal, deitávamos a assistir ao céu. Eu já adivinhava, meu velho não suportava silêncio. E, num gesto amplo, ele cobria o inteiro presépio do horizonte:
— *Tudo isso fui eu que criei.*

Eu estremecia, gostosa de me sentir pequenina, junta a esse deus tão caseiro. E lá, pai, eles nos veem a nós? Nada, filha, não nos veem. A luz daqui está suja, os homens poeiraram isto tudo.
— *Mas ela nos vê, lá nessa estrela onde foi?*

O pai não respondia. Ele que tinha palavra para tudo, tropeçava sempre no mesmo silêncio. Minha mãe: dela não se mencionava nunca nada. Ela não era nem criatura, nem coisa, nem causa. Nem sequer ausência. E não sendo nem sujeito nem passado, ela escapava a ser lembrada. Meu velho fugia a sete corações do assunto da saudade. Como daquela vez que a mão, veloz, enxugou o rosto.
— *Você nunca olhe o céu enquanto estiver chorando. Promete?*
— *Então, me dê uma estrela, pai.*

— *Nada, as estrelas não podem ser dadas. Nunca veja a noite por través da lágrima* — insistiu ele, sério.

Depois, quando se ergueu lhe veio uma tontura, sua mão procurou apoio no meio de dançarinas visões. Eu o amparei, raiz segurando a última árvore.

— *Está doente, pai?*

— *Qual doente?! É a terra que não gosta que eu saia de cima dela. A terra é uma mulher muito ciumenta.*

E outras vezes ele voltou a tontear. Até que uma noite, após estranho silêncio, ele me disse, esquivo, quase tímido:

— *Vá lá. Escolha uma...*

— *Posso, pai?*

E fingi apontar uma estrela, entre os mil cristais do céu. Ele fez conta que anotava o preciso lugar, marcando no quadro-negro o astro que eu apontara. Me ajeitou a mão na minha fronte e me puxou para seu peito. Senti o bater do seu coração:

— *Escolheu bem, filha.*

E explicou: aquela que eu indicara seria a luz onde ele iria morrer. Ninguém lembra o escuro onde nasceu. Todos viemos de fonte obscura. Por isso, ele preferia a claridade dessa estrela ao escuro de um qualquer cemitério. Então, por primeira vez, meu pai fez referência àquela que me anteriorou:

— *É nessa estrela que ela está.*

Agora, deitada de novo nas traseiras da casa, eu volto a olhar essa estrela onde meu pai habita. Lá onde ele se inventa de estar com sua amada. E em meus olhos deixo aguar uma tristeza. A lágrima transgride a ordem paterna. Nesse desfoco, a estrela se converte em barco e o céu se desdobra em mar. Me chega a voz de meu pai me ordenando que seque os olhos. Tarde de mais. Já a água é todas as águas e eu me vou deitando na capulana onde as primeiras mãos me seguraram a existência.

As lágrimas de Diamantinha

Diamantinha chorava tão bem que as pessoas vinham de longe e lhe pediam:
— *Chore por mim, Diamantinha.*
O visitante sentava na sombra do djambalau e divulgava suas mágoas. Às vezes, pareciam tristezas de bichos. O homem, para ser humano, tem que ser desumano? O que é certo: ninguém tem ombro para suportar sozinho o peso de existir. Afinal, a vida se confirma à força de rasgão: ela dilacera logo no ato de nascer, separando mais que a própria morte. E assim, também naquela aldeia não havia quem não tivesse motivos para sentar no banco de Diamantinha, requerendo lágrimas na sombra da grande árvore.

Diamantinha gastava o tempo nesse desfilar de desgraceira. Única condição: ela devia olhar de frente o contador de tristezas, olhos nos olhos, lágrima de um humedecendo a alma do outro. No final, ela baixava o rosto, sacudindo os braços por cima da cabeça. E chorava. Cada lágrima aliviava o confessor, faz conta a mão de um anjo suavizando feridas.

Diamantinha chorava belo e aprazível: nunca ela ranhava, nem carantonheava. Escorriam as lágrimas como simples transbordância, tresvassar de ondas sob as pálpebras, insuficientes diques. A tristeza mungia-lhe os olhos e lá vinha, abundoso e gordo, o rosário das lagrimonas.

O marido, calculista, viu nos serviços da esposa uma hipótese de negócio. E havia até urgência: Diamantinha se ia fatigando de brotar tanta água. Um dia, ela esgotaria as fontes. Antes que isso sucedesse, o marido decretou a seguinte ordem:

— *Em diante, você só chora para quem paga.*

— *Mas, marido, isso nem se pode.*

— *Não se pode!? Quem é você para saber destrançar o possível do impossível?*

— *É que lágrima é coisa sagrada...*

— *Conversa, mulher. Sagrados são os tacos, sejam cifrões, sejam cifrinhos.*

— *Não é desrespeito, mas me diga, marido: se é tão importante o dinheiro por que é que você não trabalha para o ganhar?*

— *Eu? Não posso, estou muito ocupado. Agora, por um exemplo, ando a deixar crescer os bigodes, um de cada lado.*

— *Você é quem sabe, marido.*

Marido está sempre na mão de cima? Homem disfarça que comanda, mulher finge obediências. A ordem das coisas: mundo e vida são o inseparável casal.

E as gentes continuaram afluindo, agora vertidas em clientes. O marido armara mesa, à entrada da sombra, e cobrava consulta. E se contentava, empilhando as moedinhas enquanto a esposa se derramava, liquidesfeita. Aranha faz sua casa de quê? De lágrimas, aquilo parece seda mas não é senão o coração esfiapadinho. Disso sabia a lagrimeira Diamantinha.

Uma tarde, compareceu no djambalau um tal Florival, um homem estranho, brutamonstro. Dele se dizia ser bebedor de trevas, atravessado de serpente. Corria que o Florival fazia das outras vidas o que a jiboia faz com o cabritinho: enrolava-as e esmiudava-as até ficarem engolíveis. Diferença é que, depois, ele não engolia nada. Todavia, no caso real, o aspeto sobrava da aparência. O Florival tinha corpo magnífico mas era incompetente para maldades. O homem se aperfeiçoara a palerma, baratonto, estupefátuo.

E tanto era que, aos domingos, o monstro vestia de mulher, envergando sempre um mesmo vestido castanho com grandes girassóis amarelos. As flores no vestido contradiziam o aspeto maufeitor. O homem era alvo das gerais zombarias — dito, desdito e maldito. Até havia mãos que afagavam as falsas curvas do peito.

Pois nessa tarde, o Florival sentou-se na pedrinha, envergonhado a modos de justificar o vestido na conformidade de suas peludas pernas. O que ele confessou fez arrepiar a choradeira. Disse assim: que ele desde há muitos anos lhe dedicava amor exclusivo, ímpar e imparável.

— *Me ama a mim, Florival?*

Sacudindo a cabeça, ele lhe pediu para não ser interrompido. Pois, o cada dia lhe dava hoje, ele lhe rezava, lhe enviava as mais subtis prendas. Eram diminutas delicadezas: um raminho, um nó de capim, réstia de ninho. E ela, ela nem notava. E por razão de tanta indiferença o coração dele se encaroçou. Para poupança de sofrimento Florival se resolveu converter em mulher. Assim, colega do mesmo género, ele não a olharia como destino de seus desejos.

— *Nós ambos somos ambas.*

Diamantinha escutou tudo até ao fim. Levantou-se e espreitou entre os ramos do djambalaueiro. Puxou com força como se entendesse desventrar a árvore. Depois chorou, chorou como nunca havia feito. O marido, vendo a demora, espreitou e lhe fez sinal: havia mais para quem chorar. E fez ponto na sessão.

Na tarde seguinte, Florival regressou e foi o mesmo derrame de pranto. E de novo o marido, zeloso, ordenou parcimónia. Na terceira tarde, Diamantinha deixou que Florival se sentasse, em seus femininos trejeitos, e lhe disse:

— *Não tenho mais lágrima.*

E pediu um lugarzinho na pedra. Sentou-se, espremida no mesmo assento. Ficaram assim em silêncio até que Diamantinha pediu autorização para ajeitar um girassol que escapava do vestido.

— *Está tão velhinho este meu vestidinho...*

E trocaram conversas de mulher, os acertos que faltavam nos cabelos, o nó no lenço da cabeça, o anel que fugia pela magreza do dedo. Diamantinha lhe pediu então:

— *Dê-me as suas mãos. Quero lhe dar uma coisa.*

— *Não precisa me dar nada, Diamantinha.*

— *São minhas últimas lágrimas. Me dê as suas mãos. Rápido antes que esfriem.*

Florival estendeu as mãos em concha. E dos dedos de Diamantinha tombaram aqueles cristaizinhos, desfocadas águas tremeluzindo em fundo escuro. Afinal, aquilo eram diamantes, preciosos tesouros.

— *São verdadeiros?*

Em amor tudo é verdadeiro. Florival e Diamantinha se fitaram, até seus olhos perderem o pé. Sem dizerem palavra, se enfeitaram entre folhagens, furtando-se pelos matos. Dizem os camionistas que, já noite, viram derivar pela estrada um casal de avessas aparências: ele vestido de mulher, e ela em roupas de macho. Tombava uma chuvinha leve, simulando fluir da terra para o céu. E Diamantinha, braços abertos, ajuntava novas gotas em seu peito choradeiro.

Isaura, para sempre dentro de mim

Isaura entrou pelo bar como se entrasse pela última porta e nós fôssemos os deuses que a aguardássemos do outro lado. Fora ficava esse céu todo azulzinado, os zunzuns da gente no bazar.

A aparição da mulher fez estancar meu coração, suspenso na rédea do espanto. Escutei íntimos desacordes, sangue para um lado, veias para outro.

É que eu não via Isaurinha há mais de vinte anos, mais de metade do tempo que eu amealhava existências. De repente, me chegaram lembranças como se em meu peito desembarcassem imagens e sons, atropelando-se em desordem.

Foi no tempo colonial. Eu e Isaurinha éramos empregados domésticos na mesma casa. Ela empregada de dentro, eu de fora. Ambos miúdos, em idade mais de brincar. Aos fins da tarde, quando ela despegava me vinha contar as novidades, segredos da vida dos brancos. Era hora de eu ir passear a cãozoada. Ela me acompanhava, rodávamos pelos quarteirões enquanto ela me fazia rir com suas revelações. Que o patrão a empurrava nos cantos sombrios e a apertava de encontro às paredes. Não havia parede em que ela, de pé, não tivesse deitado. Tudo aquilo lhe dava nojeira, reviragem nas vísceras. Queixar a quem? Deus teria ouvidos para mim? Eu sonhava que me subiam coragens e enfrentava o patrão. Mas adormecia sem ousadia sequer de terminar o sonho.

E agora Isaura interrompia o meu existir, rompante adentro da cervejaria. Estava quase na mesma, o tempo não a redesenhara. Magra, como sempre fora. Olhos acesos como réstias de brasa. Em seus dedos um cigarro me sacudiu lembranças. Como se o centro de minha memória fosse um fumo. Sim, o fumo de cigarro que ela, vinte anos antes, trazia de dentro da casa dos patrões para as traseiras onde eu a esperava. Fazia o seguinte: pegava a beata distraída num cinzeiro do salão e chupava umas boas passas. Enchia as bochechas de fumo e vinha ter comigo no pátio. Ganhava um ar apalhaçado, com dupla cara como a coruja.

Chegava-se a mim e vizinhávamo-nos, cara com cara. Depois, boca com boca, os lábios meus em concha recebiam os dela. Isaura soprava para dentro de mim esse fumo. Sentia aquecer-me meus interiores, a saliva quase fervendo. Depois, não era só a boca: todo meu corpo se ia esquentando. Era assim que fumávamos, a meio hálito, boca de um cruzando o peito de outro.

Praticávamos o quê? Fumigação boca-a-boca? Uma coisa era de certeza: meu endereço era o céu, nesses instantes. Isaura me exalava eternidades, lábios vaporosos me roçando o coração. Tudo ali na cubata das traseiras.

Simples procedimento aquele: Isaura aparava as unhas dos cigarrinhos, beatas ainda moribundas. Não parecia que Isaura deitasse valor naquele trocar de lábios. Ela gostava mesmo era de tabaco, pouco a pouco se adentrando no vício das fumagens. Eu e a descarga em meu peito eram simples acidentes sem percurso.

Até que, certa vez, o patrão nos surpreendeu naquelas disposições. Choveram insultos, imediatas pancadas. E logo eu, desculpando Isaura, assumi as inteiras culpas. Construí a versão: eu a tinha assaltado, obrigado contra as suas vontades. Nesse mesmo dia, fui expulso, despedido. Nem me despedi de Isaurinha. Levei meus pertences, por baixo de uma lua tristonha. E nunca mais Isaura, nunca mais notícias dela.

Vinte anos depois, Isaura desarrumava a tarde, interrompendo o bar. Para mais, ela trazia entre os dedos um cigarro, fumejante.

A mulher se sentou em minha mesa e, sem me olhar, desatou as falas. Desfiou memória, entre fumos e goles de cerveja.

— *Tenho tantíssima lembrança. Não chegava uma vida para falar.*

— *Que bom, Isaura.*

— *Mas a lembrança favorita é você, Raimundano.*

— *Não diga isso.*

— *Lhe digo: esse fumo todo que lhe deitei sabe o que eu queria, só mais nada? Era um beijo.*

Estremeci. Aquilo era a justa navalha, me lacerando? Mas ela seguia, no avanço de seus ditos. Sim, que ela, em tempos, me amara. Nunca mostrara aquele querer dela, por motivo de decências. É que ela era tão magra que parecia má educação se exibir. Que ela escolhia para mim suas melhores belezas, como quem tem prendas mas não sabe nem a quem dar.

— *Porquê, Isaura? Por que nunca me procurou?*

— *Porque lhe deixei de amar. Foi aquela sua mentira para me proteger. Isso me fez muito mal.*

Desde o momento que eu a defendera, o sentimento tombara, sobra de sombra. Ofensa de quê? Nunca saberei. Isaura, ali sentada, não me explicaria nada. Como se tivesse passado não o tempo mas a vida inteira. Levantou-se, arrastou a cadeira como se arrumar os móveis fosse o mais importante neste mundo. E se dirigiu para a saída, a angústia me resumindo como se, pela segunda vez, minha vida se escoasse por aquela porta. Minha voz, nem a reconheci:

— *Sopre-me outra vez um fumo, Isaura. Um fuminho, só.*

Ela me olhou, os olhos tão longe que parecia nem terem focagem. Aspirou fundo o cigarro, refreou umas tosses e veio em minha renteza. Quando ela colou seus lábios em mim se fabulou o seguinte: a mulher se converteu em fumo e se desvaneceu primeiro no ar e, depois, lenta, na aspiração de meu peito. Nessa tarde, eu fumei Isaurinha.

O moço não mental

A mãe olhou o relógio na parede da cozinha.
— *Por que esse miúdo não regressa, sozinho como os outros?*

Ia a sair, hesitou. O frio a empurrou para dentro. Antes, ainda usava a doença como pedido para que o mundo dela se compaixonasse. Agora, tinha tanta pouca vontade de viver que nem lhe apetecia ficar doente. Ainda assim se decidiu. Passou um casaco pelos ombros, bateu a porta. Estremeceu como se a rua lhe fosse estranha. Como se seu corpo não soubesse respirar fora de casa. Ia buscar seu filho Marcito.

A noite já espontava e a escola adormecia, esventrada de gente, vazada de vozes. Espreitou a sala e viu o filho. Estava como sempre: pasmado, sozinho. Sentado na carteira, riso como cinza após o fogo.

Ela nem zangou. Puxou o moço, corrigiu-lhe os passos, mão em mão. Sem palavra, sem suspiro. O miúdo, quase em desculpa:
— *Estava a ver a casa a nascer, mãe.*

Regressaram sob a luz tosca dos postes, despertando

os súbitos zumbidos dos gafanhotos. Marcito arredondava os olhos nos voantes bichos. Tudo para ele era repetida alumbração. Se surpreendia até no haver do Sol. Nem entendia ele como na mesma estrada se vai e se vem em opostos sentidos.

    O moço vivia em pasmo. Tão pouco retirava do momento que, mais tarde, se lembrava apenas do que não acontecera. Perguntava-se fosse o quê e ele jamais dava acerto. Mesmo o mais simples, o nome. Em cada momento, invocava um diferente.

    — *Sou quem?*

A mãe o desculpava, intrincando:

    — *É que a pessoa nunca enche o seu nome. Só morto, cada um se deita no seu.*

    Aos poucos, o miúdo foi deixando de ser alvo de atenção. Evitável como um assunto doloroso, um luto. Alguns, às vezes, ainda tentavam diálogo, nas mais singelas perguntas:

    — *Qual a sua idade?*

    — *A idade não é minha* — respondia.

    O olhar mortiço, como pavio depois do vento. Mas olhos de bom, fosse a maldade requerer habilidades. Quem é inteligente pode ser justo?

    Na volta da escola, a mãe confirmava as perdas.

    — *E o chapéu, Marcito? Perdeu?*

    Aquilo ele não chamava perder. Acreditava, sim, poder ter um pássaro em lugar de chapéu.

    — *Era sombra levezinha, até eu podia ter pensamentos voadores.*

    A mãe sorriu, de triste. Pensamentos? A mulher per-

corria a página da sebenta, a fiscalizar os deveres de casa. O professor queria saber, de cada um, o que queria ser quando fosse grande? Ainda olhou, de soslaio, para o filho. Sem esperança que ele tivesse resposta.
— *Mãe, eu nem quero ser.*
A mãe se sentou, caneta em riste, disfarçando, uma vez mais, a letra torta do menino. Ela se cansara de recobrir o atraso do moço. Outras tinham filhos. Ela tinha uma doença. Incurável, definitiva. Mesmo que ele se extinguisse, na fronteira do suspiro, mesmo assim ela continuaria exercendo sua maternidade. É-se mãe ainda que deixando de ser. Toda a mãe é vitalícia.
Certo dia, ela acordou decidida: aquele seria o último dia em que iria buscar o filho. O deixaria na escola para sempre. Mudaria de casa, de bairro, de vida. Mas não iria buscar o moço.
Ficou sentada, metida nos ombros, emagrecida, olhando Marcito arrumar a derradeira pasta. Na parede, o relógio se excedeu. Ela inerte, ausentada. Passou-se a hora. Marcito a contemplava, arrumadinho, parecendo nem dar conta do atraso.
— *Mãe?*
Absorta, a mulher sonhava, antecipando a futura sucedência. Cinco horas da tarde ela sairia de casa, mala na mão, rumo ao bar do Joãoane. Pediria para telefonar.
— *Diretor: estou atrasada.*
— *Não tem de quem. Ainda estamos por aqui. Quando vem?*
— *O senhor não entendeu. Eu nunca mais vou buscar meu filho.*

Desligaria lentamente, fosse o gesto cimentar a palavra. E iria pelo escuro, imaginando o moço sentado na carteira, horas e horas, sempre risonhável, como se nada merecesse nunca reparo. Passariam dias, semanas, meses. Ela, em outro lugar, se curando do tempo. O menino, porém, aumentava em si saudade, invasão do vazio.

— *Ainda não me acostumei a mim, só.*
— *Mãe: está falar sozinha?*

O moço, na cozinha, a convocou para o mundo. E ela foi, de mão dada, conduzindo Marcito para a escola. Seus passos se demoravam, em despedida. Quando, por fim, chegaram ao portão, a mãe sentiu um aperto. Não era no peito. Mas a mão de seu filho, bem real, teimando em não se soltar. Nunca fizera antes: o menino retinha, agora, a presença da mãe. E ele disse, com inesperado tom:

— *Adeus, mãe!*

Ela se surpreendeu. Porquê aquele inusitado adeus, se ele nunca antes dera uso ao tempo? E ficou olhando o filho se afastando, como se nele se inaugurasse um outro ser. O moço entrou, engolido pelo edifício. A mãe não regressou a casa. Ficou ali, sentada no muro, esperando pelas cinco. A gente passava e a via: com ar pasmado, enquanto acariciava o ventre, em gesto grato, como só fazem as grávidas.

Francolino e Lucinha

Sentada na varanda, Dona Lucinha acerta agulha e pano, em infinita costura. Há tantos anos que redige tais bordados que ela já nem sabe o que está criando. O gato é testemunha daquele inartefacto, enroscado em falso ponto de interrogação. Afinal, o tempo é quem nos vai alinhavando. Demasiado tarde. A vida coloca o dedal no dedo onde o amor já fez a ferida.

Recuado na sombra da varanda, o marido, Francolino Vicente, se balança na cadeira, espapançudo ante um idoso jornal. É uma publicação remota, dos tempos em que ele, realmente, lia jornais. Ele prefere assim, entre bafo e desabafo:

— *Só leio jornal desses tempos em que apenas havia boas notícias.*

O copo está vazio, mas ele, de quando em quando, o leva aos lábios e faz estalar um gozo. Francolino é como a aranha que encontra alimento sem procurar comida. Sua teia é ali, nos invisíveis fios da varanda. O tempo, para ele, se indefine:

— *Hoje é terça-feira em ponto.*

O homem sabe os segredos do mundo: o rio, verdadeiro, não mexe. Flui, deixado e desleixado. Quem faz mover suas águas são os rabos dos peixes, inumeráveis leques que nunca pausam. Como nós. Deixemo-nos quietos como pedras e o tempo não anda.

Francolino pousa, com vasta cerimónia, o pregueado jornal:

— *Lucinha?*
— *Diga, marido.*
— *Você gosta de mim?*

Ela abana a cabeça, negativamente. Responde sempre assim, despalavrada, subterfugidia. Voltando a desfranzir o jornal, ele relança a atenção na leitura, enquanto diz:

— *Há de gostar.*

Desde que juntaram suas vidas é sempre assim. Todos os dias a cena se repete, incluindo o gato que, com a amealhada preguiça, já nem espreguiça. Tem sido assim desde que Francolino a raptou de uma companhia de dançarinas que passara pela cidadezinha. Aconteceu há quarenta anos. Perante juízos ele, na hora, se defendeu:

— *Ser roubada é um destino para mulher fortunada. Ainda calha bem que fui eu quem deu andamento a esse rapto.*

Que a dançarina correspondesse àquela paixão isso o imperturbava. O sal é que faz o maduro da manga verde. Assim, o amor havia de chegar. Que ela tivesse sido arrancada de uma paixão, a dança, isso nem comichava a consciência de Francolino. Foram somando filhos, perdendo tempos. Nunca ela lhe entregou ternura, nem adocicou palavra. Sempre distante, desacontecida. Sentada nos degraus da tarde, ela bordava como se remendasse a sua existência.

— *Lucinha?*
— *Diga.*
— *Você me gosta?*
— *Já sabe que não.*

E logo o homem garantia: ela haveria de gostar. No enquanto, o tempo ia visitando aquela varanda, deitando por ali mais poente que manhãs.

— *Estamos velhecendo* — dizia Francolino. — *Estamos para aqui nos carcassando. Sabe como é que a gente nota que estamos a velhecer?*

— *Deixe-me bordar em sossego.*

— *Sabemos que estamos velhos porque nos começam a nascer ossos e mais ossinhos. Nunca reparou, Lucinha?*

— *Leia o seu jornal, homem.*

O homem prossegue: é isso a velhice, como se o corpo se preparasse para caixa, todo ele gradeado a ossos, inorgânico. Francolino não pretende dizer nada. Simplesmente quer desviar Lucinha a favor de sua atenção. Mas a mulher continua toda nos lavores. Tudo em redor são insignificâncias. Principalmente, ele, o sentadiço marido. Aquele desprezo seria vingança da sua condição de roubada? Soubesse-se e não haveria estória.

— *Lucinha? Você...*
— *Não.*

Até que, certa semana, ele deixou de proceder à sacramental pergunta. No início, Dona Lucinha nem notou

diferença. Bordava seu longo tecido, a costura e as mãos dela já tornadas simbióticas, amparadas no entretecer recíproco. Aos poucos, porém, aquele silêncio do homem lhe foi roendo o coração. Já não dava nem ponto nem nó. Até que ela se extroverteu:
— *Francolino?*
— *Sim...*
— *Já não fala comigo?*
Ele sacudiu a cabeça, embrenhado na leitura de nenhuma página. Seus olhos se adesivaram no jornal, parecia que ele estudava modo de escapar entre as letrinhas, dissolvido em pontos e vírgulas.

A esposa, com os tempos, se foi acrescentando de impaciências. Até que, certa tarde, ela renovou a pergunta. Sua voz se estica em corda de angústia:
— *Já não me pergunta nada, Francolino?*
Francolino nem tuge nem ruge. Então, ela se levanta e lhe entrega o pano que se desenrola em infinitas desvoltas. O tecido se enrosca no colo do homem e, aos poucos, vai ocultando o jornal. Por desatenção de suas mãos ou por demasia de peso as páginas se rasgam, abrindo-se um abismo como se ao próprio tempo faltasse o chão. Se vê, então, que aquilo que ela vem bordando, desde há anos, é um repetido e sucessivo vestido de dança, adornado de mil folhos e plissados. Parecia dessas roupas que só servem para despir.

Francolino olhou o suspiro dos panos sobre o chão. E lembrou como, em tempos, a vira no palco estreando luzes, vestida só com a nudez dela. Memória desembrulhada, bordado tombado, jornal rasgado: o velho suspende um gemido, quase uma lágrima. Visse ele quanto uma vida inteira pode tombar assim num desembrulho. A voz em riachinho:

— *Que lindo esse vestido, Lucinha!*

Debruçando-se sobre a cadeira do marido, Lucinha beija-lhe longamente a testa. Tão longamente que ele adormece, se afundando no rio do tempo, mais denso que a própria vida.

O arroto de Dona Elisa

Íamos todos ver e ouvir Dona Elisa arrotar. Era aos sábados, pela tardinha. A casa de Elisa ficava onde o casario deixa de ser bairro. Depois dali era a estrada, o longe, o mundo. Se dizia que o universo começara nas traseiras da casa da matrona. A prova se manifestava na pedra do pátio — uma pegada. Era de pé humano mas bordada de fabulosas versões. O dono da pegada era o mais antigo, esse que caminhou para todos lados e continua marchando dentro de nós. Por isso, nos benzíamos quando aflorávamos o pátio de Elisa.

Cada sábado se cumpria o ritual em casa da Dona. Almoço longo, sempre de igual cardápio: caril de raia, empapado em mandioca e farinha de milho. Mantimento pesado, de enfartar quartel. Dava-se-lhe aquela imensa refeição para ela se entafulhar. E depois se retirava vantagem das flatulências de Dona Elisa. Quem desejasse assistir que pagasse. Que se podia querer? A miséria dá a chávena, a necessidade põe a colher.

Cobravam os sobrinhos à entrada: não podia ser em papel. Tudo em moeda. Um sobrinho à porta, de olhos fechados, estava interditado de olhar os pagamentos. Conferia pelo som, tintilando os dinheirinhos na concha fechada das mãos. Outro moço, ao lado, ordenava:

— *Entra. E não esqueça de benzer.*

Dona Elisa lá estava no meio do quintal, sentada em sua imensidão. Parecia em transe, meio adormecida, olhos semicerrados, toda ela se crocodilando na sombra. A boca lhe descaía, tivesse perdido o tino na maxila. A dona estava, dizia-se, preparando o momento. Suas entranhas fermentavam, sua alma flutuava além do imenso corpo. Nós nos sentávamos em volta. Solicitava-se o privado e gentil silêncio, contribuição do estimado público.

E ali ficávamos, em respeitosa espera. Aguardávamos que irrompesse dela o poderosíssimo arroto, esse que se dizia vir não dela mas das entranhas do mundo.

— *São gases das profundezas* — se garantia.

Eu já havia assistido, certa vez, àquele espetáculo. E era de inesquecer. Aquilo era erupção provinda dos magmas, um vulcão que se adensava, como comboio que vem aflorando das vísceras do próprio planeta. Por um instante se acreditava no final total, o apocalipse.

Desta vez, não fui só. Comigo levei o estrangeiro para assistir ao fenómeno. Ia eu envergonhado, conscrito. Ser generoso é isso, de tão fácil: dar-se o que os outros nem chegam a pedir. Pois, o estranho homem chegara à vila munido de credenciais. Não vinha estudar plantas, ervas ou bichezas. Vinha-nos estudar a nós, gente useira em usos e acostumada a costumes. Ele ouvira falar de Dona Elisa e seus poderes. E doutor que era trazia os engenhos que capturam os momentos: fotografia, gravação.

Já no pátio, depois de benzido, o estrangeiro se assentou como nós, calça na areia, caneta e papéis no colo. Receoso, ainda me perguntou se podia fotografar.

— *É melhor não* — sugeri.

Mas o fulano ia fotografar o quê? Um arroto? E mesmo o botão do gravador lhe ia eu pedir que não usasse quando fomos interrompidos pelo anunciar de um súbito adiamento.

— *Mamã Elisa está incomodada.*

Ainda a vi passar, amparada. Por um momento, estacou na penumbra. Espreitava, pareceu-me, o visitante. Percebi que chorava. Os familiares, em redor, evitavam que fosse vista. Sentaram a pesada senhora e abanaram leques em seu redor. Até que um sobrinho se aproximou de nós e ordenou que o estrangeiro se descalçasse. Pés nus atravessaram o patamar e me foi dito que traduzisse a ordem:

— *Encoste o seu pé na pegada na pedra.*

O homem decalcou o pé no oco da rocha. Mas a pegada não lhe servia no pé. Mandaram que voltasse a calçar. Alguém disse:

— *A mamã pede que cheguem perto.*

Fomos, eu e o estrangeiro. Elisa parecia zonza. Bebera? Pediu que o visitante se inclinasse sobre ela. Um longo momento ela espreitou o rosto dele e sussurrou, triste:

— *Não, não é ele.*

E ficou, cheia de peso e idade, até que se endireitou

no assento. O triplo queixo estremeceu. Uma voz decretou o alarme:

— *Ela vai arrotar!*

Em vez do esperado e proclamado arroto veio um fiozinho de voz, um piar de passarinho. Esse sopro foi sua última exibição.

Um sobrinho à saída nos devolveu as moedas. Se desculpou:

— *Esses barulhos sempre foram o seu peito desmoronando.*

Dona Elisa, afinal, não era caso de ciências. Nem geologia nem humanologia a entenderiam. Seu único fenómeno era amor, a ausenciada paixão. E a pegada que, cada tarde de sábado, se soltava da pedra e caminhava pelo peito de Elisa. Essa era a única razão do estrondo: a pedra se soltando da pedra, o enterrado passo regressando a este lado da vida.

A bênção

Passou-se nos tempos dos portugueses. O casal eram os Esteves, gente lustrosa, funcionários de primeira ordem. Viviam em eterna aflição: o menino nascera enfezadito, desvitaminado, sem hidratos nem carbonos. Sua magreza se via mais que o corpo: ele tinha o esterno muito externo. E mais estranho: era atacado de choros convulsos. Durante os achaques, o menino sofria de respiração, parecia desfiar o ar, o peito lhe fugia pelos lábios.

Contrataram a negra Marcelinda para cuidados do único filho. A patroa, Dona Clementina, se acometia de maternas invejas: a criança se calava apenas no colo de Marcelinda. Se encostava na imensa redondez da ama e sossegava a pontos de feto. A negra rodava com ele, como se dançasse, e chamava-lhe:

— *Nwana wa mina!*

Em casa ninguém percebia a língua. Talvez por isso as palavras deixavam um sabor amargo. Não encontravam graça que África entrasse assim na intimidade do lar. Com o tempo, uma certeza se foi fundando: o bebé escapava à biológica maternidade. Em doença, temor, susto: só a empregada consolava a criança. O despeito minava o peito da mãe.

— *Não a quero cá. Trate de a mandar embora.*

O pai ainda tentava aguar fervuras. Mas Dona Clementina não perdoava, queria ver a negra gorda dali para longe. O Esteves tricotava uma lógica:

— *Devemos é dar graças a Deus por o menino se dar bem com ela.*

Mas as raivas maternas não se aplacavam. Os pesadelos enrodilhavam as noites de Dona Clementina. No leito do sonho ela via o filho deslizar por uma fresta súbita, engolido pelas húmidas trevas. Ela acorria, em pânico. Lá do fundo obscuro se escutava a voz de Marcelinda, em suave canção de embalar. E o filho sorria para a criada, incapaz de ver a silhueta da mãe. A senhora despertava e, transpirada, se esgueirava para os aposentos da criança para a apertar em seu colo.

Num dado serão, os Esteves receberam visitas de outros portugueses. No serão se concertaram fantasmas. As senhoras consolaram os medos de Clementina: "É natural, as pretas têm experiência de dúzia de filhos". E outro ironizou:

— *Em África, todos são filhos uns dos outros.*

Alguém ainda inquiriu:

— *A vossa quantos tem?*

— *Olhe que nunca perguntámos a Marcelinda......*

— *Deve ter uma data deles. Elas são assim, nunca vi quem tanto parisse...*

E riram-se. Menos o Esteves. Naquela noite, o português se revirou, em insonolência. Manhã seguinte, o patrão invadiu a penumbra da cozinha e se dirigiu à empregada. Quis saber dos filhos dela. Marcelinda encolheu a vergonha atrás do ombro e, em silêncio, sorriu.

— *Então Marcelinda? Tem tantos que perdeu a conta?*
— *Sim, patrão.*
— *A sério, perdeu a conta?*
— *Sim, patrão, perdi.*

Os Esteves se condoeram. Deram-lhe roupas velhas, coisas que iam deixando de servir aos filhos dos amigos. Ela ia aceitando com gratidão. Embrulhava com mil cuidados, como se fossem tesouros por estrear. E, em silêncio, se retirava, deixando-se engolir pelo escuro de cada noite.

Um dia, enquanto vestia o filho, Dona Clementina encontrou um fio de algodão amarrando o ventre do menino. Chamou a empregada e exigiu saber as proveniências do achado. A negra Marcelinda gaguejou:

— *É remédio, senhora...*
— *Remédio?*
— *Para o menino não sofrer dessas tosses...*

Foram palavras, últimas. Quando Esteves chegou a casa já a sentença estava tomada. Dona Patroa tinha expulsado a criada. O marido ficou calado, grave. Sem coragem de dizer nada, escutando a esposa, indignada, rodando pela casa exibindo entre os dedos o pernicioso amuleto: "Não admito, não admito!".

O tempo passou, definitivo, enquanto a patroa desesperava: a criança não dava tréguas ao choro. A mãe desconhecia maneiras de a acalmar. Não sabia como suster febres, aplacar choros, segurar os gritos do menino. A portuguesa já não dormia, estava nos últimos fôlegos. O patrão decidiu-se: "Hoje mesmo vou a casa de Marcelinda". A meio da noite ele se levantou, sorrateiro. Saiu de casa sem saber para onde. Afinal, qual a morada do raio da preta? Espantou-se como alguém vive em nossa casa e tão pouco sabemos dela.

Circulou por ruelas e becos, empestou olhos e sapatos. O tuga se embaraçou em meios tão humildes. Só o tamanho da sua decisão o fazia continuar. Perguntou, confirmou, retificou. Ao cabo de muito susto, ele alcançou a casinha de Marcelinda. Entrou no pátio, foi chamando. No escuro, indistinguiu o próprio nariz. O português se assustou ao colidir com o enorme volume de Marcelinda. E logo lhe entregou o pedido desesperado: a empregada que regressasse. Pelo amor de Deus. Ou, se ela preferisse, pelo amor do menino. Sem uma palavra, Marcelinda se internou no escuro, além-porta. Apareceu, então, um incerto homem, tão magro que a camisola interior mais parecia um sobretudo:

— *Que se passa?*

Esteves lhe explica o propósito da visita, acreditando ser ele o marido da criada. Marcelinda está alheia aos dois homens, arrumando roupas num saco.

— *Eh pá! Isto não é qualquer maneira. Chega, leva, vai?!*

O português desencarteira umas tantas quantias. O homem embolsa os tacos como se os metesse não em roupa mas na alma. Marcelinda se afunila para entrar no

carro do patrão. Seguem viagem, em silêncio. O patrão não está certo se a criada acompanhou a cena à saída de casa.
— *Paguei um adiantamento ao seu... àquele homem.*
— *Eu não pedi dinheiro.*
— *O que quer então?*
— *Eu só quero o meu menino.*
Meu menino!? O patrão, com mil rodeios, explica a Marcelinda quanto ela deve evitar a expressão. Não é por nada, mas a senhora não gosta. E sorri, nervoso. Nunca ele tinha pedido assim nada a alguém de outra raça.
No corredor, entram pé ante pé. A casa está deitada. O patrão aponta o velho quarto dos fundos e pede silêncio, não vá o miúdo acordar. Inútil. Sem que se entendesse como, o miúdo tinha dado conta da chegada. E, sem mais, se arremessou no colo da criada, exilado do mundo. Ali se deixou como se aquele fosse o seu primeiro e único ventre.
Na manhã seguinte, Esteves prolongou-se no sono. A noitada anterior o esgotara. Despertou com os gritos da mulher.
— *Meu filho! Onde está o meu filho?*
O pensamento lhe veio à cabeça: a preta fugira com o menino! Vestiu-se às pressas e desandou para casa de Marcelinda. A seu lado, prantorosa, seguia a esposa. Cruzaram os subúrbios, circundaram palhotas até chegarem ao mesmo lugar onde ele estivera antes. Dona Clementina ficou no carro. Esteves entrou pela casa mas não encontrou a empregada. Apenas se deparou com o mesmo homem da anterior noite.

— Marcelinda? Não lhe vi desde ontem.

Esteves insistiu, esgravatando hipóteses de paradeiros. E ali, à entrada, lhe surgem os sacos com as roupas de crianças que foram sendo oferecidos à empregada. Intactos, como vieram. Então ela não distribuíra as prendas pelos filhos?

— *Filhos? Quais filhos?*

— Os seus... os filhos dela.

— *Marcelinda não pode ter filhos, nunca teve.*

Esteves se calou. Hesitou, subtraiu à soma dos passos. Estava cumprindo a partida. Já na umbreira, porém, se reticenciou:

— O que quer dizer nwana wa mina?

— *Eh pá! Isso já é nosso dialeto. O senhor está aprender?*

— Não, só quero saber o significado dessa expressão.

— *Quer dizer: "meu filho".*

O português se instalou no carro. A esposa o esperava, lenço aparando as lágrimas. O magrizelento ainda assomou à porta e gritou:

— *Não diga nada a Marcelinda.*

— Que estivemos aqui?

— *Não. Não fale sobre isso de ela nunca ter tido filhos.*

Subitamente, Dona Clementina deixou de chorar. Esteves espreitou-a, antes de colocar o carro em funcionamento. Queria saber o que fazer, onde procurar. O magricelas sugeriu então que eles se dirigissem ao curandeiro, ali a dois quarteirões. Talvez Marcelinda estivesse lá a cerimoniar o miúdo. Esteves acatou a sugestão. Foi devagarinho, perdido, acompanhado só pelo silêncio da esposa. Encontrou Marcelinda saindo para a rua. A empregada trazia o menino dormindo em suas costas. Parecia esperar o patrão e entrou para a viatura sem dizer palavra.

— *Vamos?*

O miúdo, dormindo, é posto no banco de trás, entre as duas mulheres, empregada e patroa. A viatura arrancou, devagarosa. Das mãos de Dona Clementina surgiu o fio abençoador, aquele mesmo que havia motivado a despedida. Os olhos da negra aterraram, receosos.

— *Lembra este fio, este, dos vossos feitiços?*

Mas a patroa não pareceu zangada. E lhe pediu:

— *Marcelinda: me ajude a colocar o fio no menino.*

E as mãos de ambas, em simétrica maternidade, cirundaram o corpo da criança.

A morte, o tempo e o velho

O homem se via envelhecer, sem protesto contra o tempo. Ansiava, sim, que a morte chegasse. Que chegasse tão sorrateira e morna como lhe surgiram as mulheres da sua vida. Nessa espera não havia amargura. Ele se perguntava: de que valia ter vivido tão bons momentos se já não se lembrava deles, nem a memória de sua existência lhe pertencia? Em hora de balanço: nunca tivera do que fosse dono, nunca houve de quem fosse cativo. Só ele teve o que não tinha posse: saudade, fome, amores.

Como a morte tardasse, decidiu meter-se na estrada e caminhar ao seu encontro. Tomou a direção do oeste. Na sombra desse ponto cardeal, todos sabemos, se encontra a moradia da morte.

Iniciou a sua excursão rumo ao poente sem que de ninguém se despedisse. Os adeuses são assunto dos vivos e ele se queria já na outra vertente do tempo.

Caminhava há semanas quando avistou um homem alto, com rosto de enevoados traços. Trazia pela trela um bicho estranho, entre cão e hiena. Animal mal-aparentado, com ar maleitoso.

— *Esta é a Morte* — disse o homem apontando o cão. E acrescentou: — *Sou eu que a passeio pelo mundo.*
— *E você quem é?*
— *Eu sou o Tempo.*

E explicou que caminhavam assim, atrelados um no noutro, desde sempre. Ultimamente, porém, a Morte andava esmorecida, quase desqualificada. Razão de que, entre os viventes, se desfalecia agora a molhos vistos, por dar cá nenhuma palha. Morria-se mesmo sem intervenção dela, da Morte.

O velho, desiludido, explicou ao Tempo a razão da sua viagem. Ele vinha ao encontro da morte:

— *Eu queria que ela me levasse para o sem retorno.*
— *Vai ser difícil.*
— *Lhe imploro: fiz todo este caminho para ela me levar.*
— *Veja como ela anda: desmotivada, focinho pelo chão.*
— *Mas eu queria tanto terminar-me!*

Impossível, insistiu o Tempo. E para comprovar, soltou o animal. O bicho se afastou, arrastado e agónico, para o fundo de uma valeta. Ali se enroscou, decadente como um pano gasto. O velho se condoeu e perguntou ao bicho:

— *O que posso fazer por si?*
— *Eu só quero beber.*

Não era de água a sua sede. Queria palavras. Não dessas de uso e abuso mas palavras tenras como o capim depois da chuva. Essas de reacender crenças. O velho prometeu garimpar entre todos seus vocabulários e encontrar lá os materiais de reanimar o mais perdido fôlego. Urdia seu secreto plano: iria ao sonho e de lá retiraria uma porção de palavras.

Na manhã seguinte, foi de encontro à besta moribunda. O bicho estava agora mais hiena que cão. Uma baba amarela lhe escorria pelo focinho. Apenas revirou os olhos quando sentiu o homem se aproximar.

— *Trouxe?*

E ele lhe entregou o sonho, as palavras, mais seu inebriamento. O animal sugou tudo aquilo com voracidade. Seus olhos eram os de uma criança sorvendo estória antes do sono.

E assim se seguiu durante umas manhãs. Em cada uma, o velho se anichava e confiava seus elixires. De cada vez, o bicho se animava mais um pouco. No final, a Morte se recompôs com tais pujanças que o velho ganhou coragem e lhe apresentou o pedido, seu anseio de que o mundo se lhe fechasse. A Morte escutou o pedido de olhos fechados.

— *Amanhã vou cumprir o meu mandato* — anunciou ela.

Nessa noite, o velho nem dormiu, posto perante a sua última noite. Sentindo-se derradeirar, passou em revista a vida. Nos últimos anos, ele tinha perdido a inteira memória. Mas agora, naquela noite, lhe revieram os momentos de felicidade, toda a sua existência se lhe desfilou. E sentiu saudade, melancolia por não poder revisitar amigos, terras e mulheres. Até lhe assaltou a ideia de escapar dali e reganhar aventuras no caminho da vida. Para não ser atacado por mais recordações —

com o risco do arrependimento — ele foi ao rio e caminhou ao sabor da corrente. Andar no sentido da água é o modo melhor para nos lavarmos das lembranças.

No dia seguinte, o velho foi à valeta onde encontrou a Morte. Ela estava cansada, respiração ofegante. E disse:

— *Já matei.*

— *Matou? Matou quem?*

— *Matei o Tempo.*

E apontou o corpo desfalecido do homem alto. A hiena, então, estendeu a trela ao velho e lhe ordenou:

— *Agora, leva-me tu a passear!*

A outra

Ninguém, mas ninguém, pensava que Laura admitiria uma coisa assim: viver junto com o marido e mais a outra. Ela, que era orgulhosa, ciosa e ciente, como é que albergava e alimentava agora a própria amante de seu marido, o Amaral? Afinal, ninguém conhece ninguém. Cada qual é a capa de um outro livro.

A história é dessas dos quotidiários desgastes, a invisível erosão de ser casal, dois em nenhum. Amaral era homem de cara e coroa, cujo coração trabalhava a céu aberto. Nunca constou que ele se tivesse alguma vez desapeado do casamento. Sua noção de amor era o eternamente sempre, entre fogo e fogueira. Mas a paixão é coisa que morre mesmo antes de se extinguir, tão sorrateira que nem lhe notámos enterro nem velório. No jejum do coração quem emagrece é a alma. Até que o céu perde o cheiro, tempo não tem sabores e a vida se descolora.

Quando Amaral esfriou, moroso no gesto, vago na palavra, Laura ainda pensou ser esse desbotar do matrimónio. Mas o homem se distanciava em demasia, ausente de si mesmo. E começou a desconfiança. Mais grave que a ausência seria ele ter-se dedicado a uma indevida qualquer.

Laura se armou de talentos dos arquitempos. Ela usava as narinas não do nariz mas da alma: farejava o improvável querendo encontrar o impossível.

A mulher ensaiou truques, a ver se ele escorregava. Oleava as conversas. O homem não se fazia enrugado: agarrava as deixas dela e confirmava as suposições de Laura. Certa vez, até ele defendeu o direito de o macho ser multígamo.

— *O homem, você entende, Laura, o homem necessita de viver muitas vidas.*

— *E a mulher não?*

— *A mulher gera vidas dentro de si. Essa a diferença.*

Desconfiada, a mulher decidiu seguir o homem. Ele se dirigiu ao jardim público e sentou no meio da praça, sob a sombra de uma bauhinia. Ficou ali horas. Laura espreitando, acocorada detrás de arbustos. Mas nada, ninguém se aproximou do marido. Um encontro falhado? No dia seguinte, a mesma coisa: ela, feita sombra, perseguindo o Amaral pelas ruelas do parque. Mas, uma outra vez, essa que havia de vir não veio. E não veio nos dias seguintes em que Amaral furtivamente se escapava.

No meio de incerta noite, porém, chegou a confirmação da traição. Amaral durante o sono falou e confirmou seus amores por uma outra. Não se entendeu o nome: as palavras dele sonambulavam, sem contorno certo. Mas que ele declarava amores e beijos, isso era mais que certificado.

Na manhã seguinte Laura o aguarda, de emboscada na cozinha, seu único território. E, de rajada:

— *Senhor Amaral: todas as tardes você vai para o jardim. Com quem você se vai encontrar?*

O marido se desfez em parvo. Encontrar? Parecia que ele nem conhecia o verbo. Mas ela não dá pausa: sim, com quem ele se esperava encontrar, todas as santas tardes, debaixo daquela árvore.

— *Com ela mesmo.*
— *Com quem?*
— *Com a árvore.*

Primeiro, não valeu senão risada. Mas, depois, ela confirmou. Era a única e exata verdade. O marido se tomara de amores por aquela bela árvore, a bauhinia de flores róseas. Afinal, de todas as vezes, bem que ela lhe apanhara em fragrante pecado. E na tal noite, o marido semeava beijos como chuva sobre a folhagem.

Laura encenou-se como o previsto. Insultou a outra, rebaixou a rival, anulou a amante. Ele, sereno, lhe pediu que respeitasse alguém que não podia estar presente, para defesa própria.

— *Mas essa árvore, o que ela tem que eu não tenho, Amaral?*

O marido calou-se. Explicar, ele não sabia. Ele desejava criatura solúvel em estação do ano, com força de sempre reflorescer. Laura pôs fim à prosa: que se ia ver, ela iria medir-se, saber quanto poderia mais tempo suportar. Havia os filhos. Já crescidos, ainda por cima. Como é que se iria explicar que o pai derrapara em amores arbóreos?

O assunto amoleceu até que, numa noite de tempestade, ele a avisa:

— *Desculpe, mulher, mas tenho que dormir lá, com ela.*

— *Nem escutei bem, homem.*

— *É que ela tem muito medo de trovoada.*

Foi a gota transbordadeira. Laura não se adiou mais. Na tarde seguinte, ela vai ao jardim, munida de raiva e de machado. Quando ninguém repara, ela assenta a força no flanco direito, pé bem fincado no chão e dispara os braços de encontro ao tronco. Mas o machado falha o alvo. Apenas um raspão, a casca que salta e uma furtiva seiva que escorre. Laura tenta o segundo golpe, já sem igual convicção. Lhe aparece como que uma névoa atrapalhando a visão. Saltou-lhe um estilhaço de madeira para o rosto? Ou será lágrima de raiva? Quando ela se esfrega, repara que é uma aguadilha viscosa que lhe escorre pelo rosto. Esfrega os dedos a decifrar. Aquilo é seiva. Sim, seiva como a da árvore. Laura se senta, como se fosse ela a derrubada. E fica de olhos postos na bauhinia como se descobrisse nela a semelhança de irmã longínqua.

Levanta-se com novo zelo: o machado fica desistido no chão enquanto chama uns tantos e lhes paga para desenraizar a árvore. Que fazia? Arrancava, literalmente, o mal pela raiz? Não se saberá nunca. As razões que tinha, ficarão para sempre dela.

O certo é que hoje a bela árvore está no quintal lá de casa, apertada no único espaçozito que resta. Ali mesmo, do lado de lá da cozinha, o único domínio de Laura.

Árvore e mulher parece que trocam confidências por entre a janela. E vivem assim os três, a mulher, o marido e a amante. Todos debaixo da mesma copa.

Prostituição auditiva

O português gostava era de ouvir as pronúncias dela. Pagava notas só para a ficar escutando a noite inteira. Mariana não tinha que fazer mais nada: só divagar, devagar, sem sexo nem nexo. O tuga, militar até aos botões, só queria que a prostituta falasse.

— *Mas falar o quê?*

A primeira noite ainda a moça perguntou. Depois, entendeu que ele gostava era de nenhumices, simples perfume de sílabas. O homem estaria ali por livre e não espontânea vontade? Enfins, coisa de branco.

— *Vocês, as pretas, não são como as nossas mulheres.*

— *Como não somos?*

— *Vocês falam com o sangue.*

Mariana ainda insistiu namoriscar, remexendo as carnes, toda ela oferecível. Mas ele nada. Ficava quieto, só os olhos desembarcavam no corpo dela. A prostituta até se ofendia com aquela inactuância do macho. Seria porque ela não apresentava tatuagens, como os homens de sua raça requeriam? Mulher sem riscos na flor da pele é mulher escorregadiça. Esse é o mandamento da tradição. Mas parece não era.

— *É escusado, Mariana. Eu não toco em preta. Fui educado assim.*

— *Ao menos, me espalhe um creme, mezungo.*

— *Um creme?*

— *É que nós, pretas, secamos mais que lagartos. É nossa raça, assim. Me esfregue um creme, me faça um favor.*

Mas ele recusava, nem pele nem óleo. Alergia a gorduras, justificava já em antecipado arrepio. Ela, então, a si mesma se besuntava. Demorava os finos dedos nas intimidades, escorria sensualidade pelas reentrâncias. Depois, já bem bem abrilhantinada, ela se rebolinava à frente do militar lusitano.

— *Ainda você não me quer?*

Negativo. Mariana, já sem fogo, deitava em esteira e palavreava sem fim. No colchão rasteiro, o portuga adormecia. Ela ainda ficava falando por um tempo, até se certificar de que ele descera às fundezas.

Horas depois, ele se apressava a sair. Pagava os variáveis honorários. Ela armafanhava os dinheiros no soutien. Já sabia o seguinte: antes de sair, o branco lhe pedia para cheirar as notas, tomava-as como se fossem delicadas flores e nelas aspirava fundamente o cheiro do suor dela. Depois, tocava as notas e dizia:

— *Eu transpiro para as ter, tu tem-las transpiradas.*

Ela sorria, sem entender o repuxado português, quem sabe era uma simples lusofolia. Ao despedir-se, a mulher sempre insistia em lhe perguntar o nome, apelido de sua existência. Mas ele suavemente se desleixava: nunca, nem jamais.

— *Meu nome? Não interessa, não te interessa.*

Ele não queria, não podia, não devia. Branco que frequenta as negras não leva sobrenome. É um soldado, ponto final. E colocando um dedo ríspido sobre os lábios de Mariana chegou mesmo a ameaçar: que nunca mais ela se atrevesse a querer saber da identidade dele.

Até que certa noite a prostituta se apresentou afónica, enguiçada nas cordas.

— *Hoje não tenho palavra para lhe dar, soldado.*

Foi murmúrio único. Ele se sentou. Sentiu, antecipada, a carência da voz dela. Nunca concebeu que a falta desse reconforto lhe viesse a doer tanto. Olhou para Mariana, estranhando. Canoa se inventou antes do rio? O militar se aprontou em serviço de cozinha. Instantaneou um chá, desses curadouros de gargantas. Mariana se consolou mais com o gesto dele que com o remédio. Rodou a chávena de alumínio enquanto olhava para nada:

— *É que bateram em Helena. Mataram ela!*

— *Quem é essa, a Helena?*

— *Era uma outra... colega.*

Ela dobrou as costas, chorando. O militar se sentou por trás dela e lhe falou. Com voz de mar, suas palavras eram vagas que nunca encontravam praia. E contou-lhe da sua tristeza. Sim, ele também sabia o que era ver morrer um colega. E se perguntava, tal como ela:

— *Que faço eu no meio disto tudo? Esta guerra, de quem é esta guerra?*

A prostituta deu por ele limpando o rosto na manga.

Uma furtiva tristeza, véspera de lágrima? Entendeu tocar-lhe o cabelo, esse cabelo fino que faz com que os brancos aparentem bonecos de brincar. Mas já o português pegava a caixinha do creme.

— *Deixa, eu te esfrego, Mariana.*

Ela sobrancelhou uma surpresa. Ele aceitava tocar-lhe?! Voltou a sentar, oferecendo as costas. A mão dele sonhou, divagante e devagarosa. Os dedos recheados de óleo pareciam chuva escorrendo sobre água. Mariana sentia o aconchego dele.

E eles, muito ambos, aconteceram-se. O soldado escutou, pela primeira vez, o sotaque do corpo dela. O mundo a perder de vistas, o rio perdendo as margens. No final, bem no fim de tudo, ele se estendeu na esteira e, olhando para além do teto, disse:

— *Sou Raimundo, o major Raimundo!*

Amor à última vista

Enquanto vestia o morto, seu obituado marido, Dona Faulhinha mantinha uma conveniente lágrima. Era sempre a mesma lágrima, a única que ela derramara depois que Ananias Xavier se decidira defuntar. Se a lágrima merecia desconfiança, o falecimento não era menos fiável. A mulher deitava dúvida em Ananias, mesmo no trespasse fatal. O homem invocara uma suspeitosa doença. Pouco contava, agora, a verdade do motivo. Certo é que a suspeita ruminava em seu peito. Na penumbra da sala, Faulhinha recebia as condolências. Para efeito das visitas, ela exibia a lágrima, prova da sua tristeza, rebrilhando no fundo negro do rosto.

Quando ficou sozinha com o cadáver, Faulhinha chorou de verdade. Não por pena do falecido. Mas com desgosto de não ter sido ela a levada. Com inveja de o dedo de Deus não ter revirado sua página no livro dos viventes. Que lhe restava, agora? Ser uma réstia, sobra do nada que fora a sua vida? Durante o casamento nunca fora feliz. Mas, ao menos, ela se nutria de ódio por seu esposo, supremo mulherengo, mestre das malandragens.

Depois de chorar, lhe pareceu que qualquer coisa eclodira dentro de sua alma. Se sentiu vazada, mas não vazia. Porque o seu dentro se fez fora: lhe veio o irreparável desejo de morrer. Sempre fora mulher de sombra, no quieto subúrbio do seu viver. Se nunca tomara o pulso à vida como podia, agora, decidir pôr termo a si mesma? Não, ela nunca teria coragem para o derradeiro gesto.

Faulhinha foi a um canto do quarto e retirou a gaiola com o pássaro de estimação do falecido Ananias. Um papagaio de cabeça cinzenta que sempre a irritara e cujo trato ela declarara estar fora das suas domésticas obrigações. Mas que ela prometera tratar, com respeito, após a morte dele. Ficou olhando a gaiola e mais o incompetente bicho sobre a mesa de jantar. Viu uma tristeza nos olhos do pássaro. Simples impressão, papagaio é bicho enganoso, bem apropriado para o malandro do Ananias. Depois, a mulher ficou parada como se nela aflorasse, por fim, a mais antiga decisão de toda sua vida.

Então, se ajoelhou, ela que nunca se havia prostrado. Sofria dos ossos e das junções.

— *Um dia que me ajoelhe nunca mais sairei do chão*— sempre dizia.

Mas, desta vez, demorada e custosamente, ela se dobrou, joelhos na nudez da pedra. E pediu a Deus que emendasse tal morte. A levasse, sim, a ela, Dona Faulhinha da Conceição Dengo. Que ela não daria nenhum trabalho. Os anjos não necessitariam de cumprir horas extras. Morreria com tanta modéstia que nem se daria conta que se havia retirado da vida. A morte, naquela noite, nem lhe haveria de doer. Engoliria a última gota de ar, em deslize da vida para o nada. Sem suicídio, sem golpe, sem autoria. Como porta que se fechasse sem gesto nem vento. Ausentemente. Nem morrer aquilo seria: o nenhum verbo.

Vale a pena ouvir as palavras de Faulhinha Dengo. Ela que vivera sempre calada, agora, no extremo momento, se empenhava na mais cuidada oratória. Seu fito: encantar o próprio Senhor dos céus, Ele que, coitado, estaria saudoso da beleza da palavra. Escute-se, pois, a estranha oração de Faulhinha, com a devida vénia:

— *Estou pedir licença a Deus para sair da vida hoje. Sim, me encomendo, certa e deserta. Me deixe passar para lá da margem, senhor Deus. É que, nesse outro lado, eu podia ajudar Ananias a se vestir, servir seu prato, remendar seus trapos.*

Num repente, um ruído no quarto a sobressaltou. Um ranger de leito, um estalar de ossos, a fez arrepiar. Olhou de viés, que o medo não a autorizava a mais. Levou as mãos à boca para não gritar. Ali sobre o féretro, o cadáver emendava sua morte, erguendo-se e começando a falar:

— *Florzita: não fale assim com Deus!*

Era uma ordem? Não, era uma súplica. Pela primeira vez, ele lhe pedia alguma coisa, com humildade.

— *Não faça isso, mulher, não peça para ir.*

— *Não se meta, marido!*

— *Eu preciso que fique aí, nessa outra banda. É que não tenho nenhum vivo que continue tratando de mim.*

Mas Faulhinha continuou, após o susto, proferindo suas orações, encomendando a pouca réstia de alma.

Ela estava pensando com o corpo no universo: como o mundo seria melhor se todos os mortos tivessem sido enterrados sorridentes. A gente chegaria até ouvir gargalhadas dos defuntos, saídas da terra quando a lua lustrasse em cima, arredondadinha. É que, da maneira que se retiram contrariados, os mortos sentem ciúme da Vida, carecendo de substância.

Cansado de escutar, o falecido agravou seu tom. Ele já não pedia. Voltava a seus modos de vivo. E berrafustou, ameaçou. Impassível, a esposa suspirou:

— Cale-se, Ananias. *Se não, eu não consigo ouvir a voz de Deus.*

— *Escusa... Deus não vai falar consigo.*

A esposa não dava ouvidos. E regressava às rezas. Ananias seguia, fermentando fúria. A dado momento, ele até se riu. De novo, sua risada desvalorizava a mulher. Mas depois, ele se retomou patrão, sisudo mandador.

— *Eu só tenho um instante, mulher, me escute. É que tenho tarefas para você ir executando por aqui.*

— *Bem pode falar. Já lhe escutei demasiado quando você era vivo.*

— *Na nossa raça quem não respeita os mortos?*

— *Eu.*

— *Está armada em branca?! Pois lhe pergunto: você está falar para qual Deus? Os nossos antigos ou esse de agora?*

— *Escuta, Ananias. Você não morreu?*

— *Sim, morri.*

— *Então deixe-se estar morto.*

Se calasse. Mais ainda: deixasse de ter voz, deixasse

sequer de deixar memórias. Que ele há muito já a tinha feito extinguir. A ela que nascera de mais. Nascera tanto que pensara que seria para sempre. Não se adivinhava mas Faulhinha tivera o seu reino. Não parecia mas ela tinha sido menina feliz, com infância farta. Era isso que a tinha salvado: o estar guarnecida de lembranças de um tempo que só há fora do Tempo. Casara para ser duas, acabara sendo nenhuma. Asa esquecida, sua alma já esquecera o perfume do voo. Culpa dele, o Ananias. Por isso, ele a deixasse sair da vida, como ela bem queria.

O morto escutava, alarmado, as palavras de sua esposa. Falasse Faulhinha tão lindo: ele nem sabia. Antes, ela sempre se apagara em silêncio. E agora, escutando a rendeada oração, Ananias a desconhecia. Por exemplo, suas estas palavras:

— *Eu quero entrar no chão antes que acabe a terra.*

E, de novo, Faulhinha dirigia suas petições para ouvidos divinos. Enterrada fosse ela de cara visando o chão. Olhos fitando o céu. Agora já não lhe bastava amar as flores: necessitava ser haste e pétala, florescer por aí, fazer, por fim, justiça a seu nome.

De repente, o morto fez menção de avançar sobre a esposa. Aproveitou ela estar de joelhos e a segurou pelo pescoço. Mas a mulher respondeu com raiva e a força de seu braço reconduziu o falecido ao seu último leito. Quando falou, debruçada sobre o espantado Ananias, Faulhinha cuspia rancores:

— *Não entende, sacana? Não entende que eu não quero ser sua viúva?*

Pior que ter sido esposa seria carregar o luto dele.

Podia ser viúva de qualquer um. Menos dele, saturada de ser sombra, ausência, espera. O morto, surpreso, ainda falou:

— *Mas ainda há pouco você pedia a Deus que queria tratar de mim, aqui nos aléns...*

— *Pois mentia.*

O falecido Ananias voltou a se entornar no leito. Ficou imóvel, categoricamente falecido. A última sílaba se enroscou nos seus olhos. Com as próprias mãos baixou as suas pálpebras. E refaleceu. Desressuscitado.

Sem se erguer, apenas arrastando os joelhos para perto da mesa, a mulher puxou a gaiola para junto de si. Abriu a porta. O papagaio não saiu logo da clausura. Esperou que o corpo da mulher se vertesse no inteiro chão. Faulhinha se derramou, abraçada pelo chão. O pássaro ainda esperou um tempo mais. Paciente, como se esperasse que o chão se convertesse em terra. Ou como se soubesse assuntos só dele. Depois, sacudiu as asas enquanto lançava um derradeiro olhar sobre a mulher. Se Faulhinha ainda ali estivesse teria reconhecido, com estranheza, aqueles olhos. Só então o pássaro voou, adentrando-se no seu primeiro céu.

O último ponto cardeal

O destino tem quatro direções cruzadas. Quatro pontas, igual os pontos cardeais. Minha felicidade está no este, dizia Apolinário. Sempre que se encontrava perdido ele tomava o sentido do nascente. Fosse riqueza, fosse mulher: seria nesse endereço que ele encontraria seu aumento. Nunca ele encontrara recompensa nem nesse nem em outro ponto cardeal. Ao contrário, sua existência era feita de subtração contínua: no salário, na esperança, nos filhos que não vingaram. Todos jazendo em quatro pequenas covas. Quatro, como a rosa dos ventos.

Seja por causa disso o Apolinário se benze antes de fazer amor. Como agora, já Rosandra deitada, na espera do infinito. Não é apenas o amor que ela espera. Quem sabe, desta feita, ela engravide? Mas o homem se demora, balbuciando ladainhas. Reza, porquê? Rosandra se intriga. Seu marido não tem tantos interiores. Apolinário é, de profissão, um canalizador. Um canalista, como ele se envaidece de dizer. De há anos, suas mãos têm gesto só para tubos e canos. A vida para ele é uma escorrência, a eterna luta contra o entupimento. Sem demais complicação, nem metafísica.

E porquê ele agora perfaz o sinal da cruz, frente ao peito? Ainda por cima, num momento destes? Rosandra sabe que o homem é solúvel em ternura. Mesmo que pouca, era bastante para um macho sumário como o Apolinário.

— *Desculpe, Apolinito, mas se benze por razão de quê?*

— *Não é nada. Nem reparei.*

— *E que olhos são esses?*

— *Estou olhando seus parapeitos. Parecem boias de segurança.*

Ela sorri, em malandra ingenuidade. O marido não tem mais vasto vocabulário. Rosandra pensa na hesitação do amante. Talvez ele tivesse medo de falhar. Pois sabido é: o macho vê no amor a prova de sua valia. Mas ele sossegasse: antes de deitarem já ambos tinham ganhado a vitória maior: a de se quererem, depois de tantos anos. A gente fere a terra para semear, a gente magoa para amar?

— *Sabe, eu queria fazer amor consigo quantas vezes?*

Ele que pergunta. E ele mesmo que responde: tantas quantas as marés, separando os tempos do mar. Não era o número que contava mas desafiar o pulsar do oceano.

— *Deixe as palavras, Apolinário. Me converse com seu corpo em meu corpo.*

E ele, parado, não cede. Parece passar a limpo sua própria vida. Até que ela se ergue para o encarar melhor. E lhe surpreende a lágrima, tremeluzidia, espreitando o rosto.

— *Que se passa, maridão?*
— *É que parece desta vez Deus me vai ouvir...*
Ela já se assusta. O homem descanalizou? Mas ele, lagrimoso, se dirige a ela e lhe pede que se deite outra vez, que o receba, corpo de seu corpo. Apolinário se deita por cima dela, com o peso de um simples ocaso, luz que se desnuda sobre outra luz. E se enredam, gementes. Ela se faz carícia até à unha. Ele se ondeia, imitação de mar, espraiação de si. De repente, porém, o homem para e, de novo, se absorve, longínquo.
— *Porquê? Porquê parou?*
— *Quer saber a razão do sinal da cruz, antes de fazermos amores?*
Pela primeira vez, explica: ele se encomenda a Deus. Pede para que morra em pleno ato.
— *Cruz, marido, até me dá um gelo!*
Ele sorri, com serenidade dos convictos. Morrer, sim, na flagrância desse flagrante. Que essa a maneira mais feliz de falecer. Já seu avô, Marcelino, tinha morrido em cama mas sem outra doença que não fosse o se avivar com mulher. E ele, Apolinário, fosse canalizador ou mesmo canalista, que outra felicidade lhe irrompera a vida? Que outras paixões lhe acometeriam sua pobre vivência?
— *E agora, mulher, estou sentindo que Deus, desta vez, me ouviu mesmo.*
Rosandra, gelada, estanca. O homem lhe sopra no ouvido que prossiga. Que continue. Pelo amor de si, pelo de Deus. Rosandra não responde. Descrente, primeiro. Desvalida, depois. Apolinário insiste e lhe segreda no ouvido as mais doçuras. A esposa lhe esfregasse

aquela extrema-unção. Quem sabe, desta vez, é que a semente pega e ela ganha em si um outro ser?

— *Você vai ver, mulher! Desta vez é de vez para mim e para si também...*

Rosandra a si mesma se enfrenta: seus olhos testemunham esse desencontro, derramando tristezas. Mas o homem lhe beija enquanto sussurra: que aquela morte não era de morrer. O simples deslize do sol para a sombra, da água para o charco. Morrer de passagem, temporariamente sem tempo. E jurou, estivessem juntos ela e ele e esse outro vindouro, para além do além. Lá onde não há nenhum ponto cardeal.

Rosandra, então, enxuga o rosto e reinicia a dança. Lenta como a persiana embalada por invisível brisa. E Apolinário ajeita o corpo, ajustando-o para o lado do poente.

As cartas

Marcelo foi transferido para Mutarara, cidade que ficava para além de todo outro lugar. A mulher, Nurima, ficou sozinhando-se, tomando conta das coisas e da restante vida. A espera é uma tecedura, a gente cria presenças com materiais de ausência. Os dedos de Nurima desinventavam dias, em desconto de saudades. A esposa: habituada, não habitada.

Até que, uma certa tarde, chegou de Mutarara a inesperada visita. Era Florlinda, familiar sem parentesco certo. Entrou, sentou, espraiou aqueles silêncios que antecedem as grandes falas. Depois, disse:

— *Quero lhe avisar: há cartas.*

Nurima não entendeu mas aparentou impavidez. Não é de tom reclamar faltas de entendimento. Mandam as boas normas que se aguarde, pondo silêncios em fila indiana. Nurima esperou que a visitante se explicasse. Florlinda, de facto, prosseguiu: que havia cartas circulando entre as mulheres de Mutarara. Essas cartas relatavam sobre Marcelo, o solitário marido.

— *Marcelo? E o que dizem essas cartas?*

— *Nem deseje saber, Nurima. Essas cartas são uma ameaça para a senhora e sua pessoa.*

Então, ela versou sobre o conteúdo das missivas: pedia-se nesses escritos que as mulheres, as mais belas de Mutarara, amassem o dito Marcelo. Pedia-se que o tratassem nas palmas e nas mãos, que lhe adocicassem a vida e lhe entornassem as mais melosas ternuras. Nurima enxugou a garganta mas não exibiu gesto nem desgosto. No fim de uma pausa, inquiriu:

— *E Marcelo, ele sabe dessas cartas?*

— *Do que posso testemunhar, a vida dele é serviço e casa, tudo a horas pontuais.*

E as duas, tu-aqui, tu-ali, se colocaram a par. O tempo se antecipou e a noite encerrou a conversa. Nurima, na despedida, deixou sussurrar uma ansiedade:

— *Me avise, se encontrar caso disso.*

— *Vou pensar numa maneira de travar essas cartas. Fique tranquila.*

Nurima lhe segurou o pulso querendo, quiçá, confessar alguma intimidade. Mas ela ficou às portas do corpo, sem chegar a dizer nada. E a visitadora se adentrou na noite.

Passaram-se semanas e Florlinda revisitou a amiga. Beberam chá, pilaram assuntos de nenhuma importância. Fingiam não haver um tema, ignoraram o nó em suas gargantas. Até que Florlinda, resoluta, lhe expôs o seu plano para eliminar a pouca-vergonhação de tais cartas. Ela relatou suas maquinações, divertindo-se com detalhes. Nurima não acompanha o entusiasmo da amiga, estranhamente ausente. Até que interrompeu Florlinda:

— Não faça nada disso.
— Mas, então, e Marcelo, seu marido?
— Não faça nada, lhe peço... Deixe as cartas sossegadas.
— Mas como posso deixar?
— Eu lhe explico. Fui eu que escrevi essas cartas.
— Você, Nurima?
— Sim, fui eu que as envelopei e as enviei, por mão de um qualquer miúdo, a todas essas mulheres.
— Você? E porquê fez isso?
— Porque o meu Marcelo é um homem bom. Tão bom, tão doce que não merece castigo de ausência.
— E se ele escorregar com alguma dessas inavergonhadas?
— Se isso acontecer ele irá descobrir, no final, que nenhuma mulher lhe ama tanto como eu.

Florlinda está indeferida para juízo. Ela despondera, sacode a cabeça, encolhe os ombros. À despedida, confessa:

— Nurima: quero dizer uma coisa. Mas prometa que não se zanga.
— Zangar? E porquê?
— Porque eu fui essa mulher, a primeira a receber a carta fui eu. E eu, Nurima... nessa noite mesmo, eu dormi com seu marido.
— Eu já sabia, Florlinda. Soube isso desde sua primeira visita.
— Eu vim porque...

Nurima, maternamente, lhe cola o dedo sobre os lábios. Um mando de silêncio, para que a outra não pros-

siga. Mas tudo desempenhado com carinho como se não restasse senão oculta gratidão.
— *Eu sei por que você veio...*

A multiplicação dos filhos

Certa vez, Mulando sentiu vontade de ver seus filhos. Como fossem muitos decidiu dedicar todo o tempo que lhe restava em paternais visitas. Queria saber das outras vidas de sua vida. Como se, em final de existência, ele avaliasse a única eternidade que nos é certa: continuarmo-nos em nossos filhos.

Começou pelo mais velho. O filho varão se admirou da visita. Alguma suspeita o fez ficar de coração atrás: porquê tão tardia visita? Mas ele esmerou em simpatia. Festejaram esse milagre de haver pai e filho, como flor que morre na imortalidade da semente. Beberam, comeram, entornaram as primeiras gotas no chão dos antepassados. O pai se hospedou por uns dias. Foi um tempo de transbordar a alma.

Na despedida, o filho mais velho disse que havia uns tantos irmãos espalhados pelos lugares. E o pai lá seguiu a prestar visitas a seus outros descendentes. Aqui e além foi encontrando mais uns. Que revelaram outros. E outros apontaram mais outros. Até que Mulando descobriu que eram muitos, bem para além dos muitos que ele imaginava.

Já cansado de tanta visitação, Mulando sentou-se a contemplar as linhas da palma da mão. Lhe pareceu ver que elas tinham mudado de desenho. Mulando se orgulhava de ter as linhas da mão em inacabado estado, sempre fugidias. Mas agora uma nova vaidade se sobrepunha: o ser tanto pai. Riu-se de suas façanhas. Já visitara mais de duas dúzias e ainda havia mais prole. Chegaria ao ponto de não ter tempo de terminar sua peregrinação? Contou as linhas das mãos e lembrou o desafio do seu tio materno perante as estrelas: contar, contar, contar até chegar a um ponto em que já não há número. E ele desistia como o dedo do tio desmaiando perante as tantas estrelas.

Um longo braço da preguiça amoleceu a sua vontade de prosseguir. Havia um bar e ele passou por lá, passou por um copo, uma garrafa, uma neblina. A seu lado, uma mulher de ninguém escutou a sua missão. A moça, estranhamente, lhe perguntou:

— *Esses todos seus filhos: sabe o que é?*

— *Gostava de saber.*

— *É que, no fundo, todos, neste mundo, são nossos filhos.*

— *Você também?*

E Mulando riu-se, cabeça tombada para trás, repetindo com antessabidas intenções:

— *Você também é minha filha?*

A prostituta sorriu-se, triste, faz conta estreasse o sentimento de ter um pai. Mulando olhou para as mãos, a ganhar fôlego, e estendeu as pernas:

— *Então, minha filha, sente-se aqui no meu colo.*
Ela demorou a ajeitar-se no vivo assento. Ele cruzou os braços sobre ela, em subtil prisão. E lhe segredou que ela, por momentos, fizesse de conta que era outra. Uma mulher sem pecado, isenta de maus-olhados. A prostituta o afastou com firmeza. Escapou do colo de Mulando e se encrispou toda, até quase perder a voz:
— *Crime é um pai não cuidar dos filhos.*
— *Isso é verdade. Isso é um crime sem perdão.*
Ele dava o assunto na bandeja, sem demais. Mulher que não queria o seu colo deixava de existir. Além disso, o clima não estava para disputas. Mulando usou o jornal para se resguardar da luz e encerrou-se para balanço.
A manhã se adiantara, calor adentro, quando Mulando despertou. O bar estava deserto, da prostituta nem sobrara o perfume. Em redor, as formas ainda se acertavam, o nublado era um céu dentro da cabeça dele. E naquele esbotar de contornos ele sentiu alguém se postar diante. Se as vistas eram sombras, os sons pareciam bem mais nítidos. E a voz do outro lhe chegou, em bom recorte:
— *Venho lhe matar!*
Nem lhe veio discernimento para a devida resposta. Tentou focar o rosto do outro e notou que ele a si se semelhava. Um mais filho? Daquela idade?
— *Meu filho: eu vou seguindo, daqui vou para mais adiante.*
— *Não sou seu filho!*
— *Não é? Mas você me parece. Então você é o quê?*
— *Sou seu pai.*

E ditas as três palavrinhas desfechou uma matraca sobre o outro. Uma, duas, quatro chambocadas. As suficientes, mortais. Mulando já não usava o pescoço. Insustentável, a cabeça lhe descaíra para trás, olhos escancarados perante o sol. Pela primeira vez, as linhas da mão de Mulando se moldaram em desenho fixo.

O outro fez regressar a matraca em sua bolsa e, fitando o chão, falou nos seguintes termos:

— *Sou seu pai e você nunca me veio visitar.*

Dizem assim: no funeral de Mulando nunca se viu tristeza mais repleta. Nesse momento, o homem cumpria, de uma só vez, a promessa de visitar toda a sua descendência. Estavam lá os filhos todos, visitando-o na sua última mudança de residência. Em sua nova maneira de ver Mulando acreditou presenciar no cemitério a inteira humanidade.

As revelações do falecido

Dizem que ele fizera revelações surpreendentes no leito da morte. A seu lado estivera apenas Flávio Rescaldinho, o enfermeiro. Flávio fora o único que escutara as derradeiras confissões do falecido. Após o irremediável desfecho, o enfermeiro se posicionou à entrada no quarto onde esfriava o frio corpo. Na parede um singelo cartaz rezava: "AQUI COMEÇOU A JAZER O RECÉM-FALECIDO SALOMÃO GARGALO".

Esperavam-se as chorosas visitas. Primeiro, se aproximou a viúva, ainda novinha, lacrimoça. Se chamava Lisete Anões, nomeação derivada de um certo livrinho que ela lera sobre uma branca que era de neve e falecera por razão de uma maçã. Os brancos, começando por Adão, sempre se desgraçaram por motivo desse fruto.

— *Flávio, me conte: o que é ele disse?*
— *Falou muito do amor.*
— *De mim?*
— *Bem, quer dizer: do amor.*

E não eram sinónimos, ela e o amor? Mas, no caso presente, isso seria duvidável, segundo aviso do enfermeiro. O moribundo filosofara sobre a paixão e o universo. Que o amor dele sempre fugira, por medo. Sim, o sentimento o temia. Houvera só uma vez, certa vez, que o amor lhe coube em seu coração.

— *Eu fui essa uma vez, fui?*

Flávio, nem aspas nem raspas. Metido nas nenhumas quintas, todo calado. Mas qualquer bom grilo tem alergia a silêncio. E, assim, Flávio Rescaldinho tossiu, tossicou. Nesse estado tossegoso, murmurou sob o lenço:

— *O falecido escreveu, até.*

— *Mostre.*

Ele, de pedra, sem gesto. A viúva esfregou o polegar no indicador, sugerindo gratificações. O enfermeiro tossiu de novo e estendeu disfarçadamente um papelito amarfanhado.

— *Eis.*

A viúva desdobrou ali mesmo a mensagem. Chegou ao fim, regressou ao início. Leu e releu.

— *Só isto?!*

O enfermeiro sacudiu a cabeça, irresponsabilizando-se. Ele não assistira à redação do moribundo.

— *É pena e pecado, o senhor que é enfermeiro lhe administrou somente a extrema-punção.*

Faltou um padre para dissolver essa peçonha da fala do falecido, encomendar um destino na alma dele. O Salomão Gargalo suspirara pensando em quê? Onde lhe encontrar agora para apurar esclarecimento? Só no céu, a abarrotar de estrela, todo desterrado. Ou, mais justo, no inferno estreladinho que nem ovo.

E a viúva retirou-se, mastigando pragas e maldições.

O enfermeiro ainda canteou o olho para apreciar o andar dela, traseiroso, toda ela bamboleoa.
Veio depois o irmão do defunto, envergado a rigor: sapato e gravata combinando. Tudo luto e preto emprestados. Falou como se também a voz estivesse por detrás dos óculos escuros. Perguntou:
— *O meu brâda falou de meu caso?*
— *Brâda?*
— *O irmão, o brâda: são linguagens atuais. Falou ou não?*
O enfermeiro, guardião faraónico, devolveu-lhe o inglês: No! E até traduziu: um redondo e cínico não. Monossilencioso, em cerimónia e protocolo. Que nada, nem e não. Apenas um papelito o transitado deixara como espólio.
— *Este.*
Com sofreguidão, o mano desembrulhou o papel. Leu rápido, num gole. Parecia esperar mais palavra, mais parágrafos, mais capítulos.
— *Nem migalhinha de herança, nada aqui para o Quintonico?*
Esperou, em vão, resposta. E foi-se, afastando-se meloso pelo corredor. Veio a amante, parente da abelha, recurvando-se pé ante pé. Chegou-se ao enfermeiro, esfregou-se por ele, toda bem encascadinha nele. Com voz de cobertura de bolo, inquiriu:
— *Declare, Flávio: ele revelou a nossa relação?*
Flávio engoliu o próprio caroço-de-adão. Sacana do falecido! Também nesta fulana o Salomão ganhara vantagem? Se explicava, assim, aquele sorriso malandro

que o defunto levara em seu último rosto. O enfermeiro fingiu não perceber. E solicitou reedição da pergunta. A moça colou-se-lhe mais que estampilha fiscal e segredou a pergunta bem dentro do ouvido dele. Flávio estava reduzido a gesto: limitou-se a entregar o papel, sem emitir sílaba. A amante abriu a mensagem como se desrolhasse um perfume. Sobrolhou e meteu, às pressas, o papel no abismo do soutien. Já ela se retirava, a voz lhe prendeu o calcanhar:

— *Ah-ah!*

Era Flávio, negando-lhe os intentos, o indicador parabrisando para lá e para cá. Que o papel não pertencia àquelas paragens carnais, devia regressar ao zelo de seus dedos. A amante do falecido já perdera os dengues. Amachucou o papel e atirou-o para o chão.

No preciso instante, deu entrada o presidente do município, mais sua comitiva. Apenas a individualidade se achegou. Os outros, de telefone portátil como pistolas na cintura, ficaram atrás. O autarca rosnou:

— *Ele falou dos dinheiros do município?*

O enfermeiro desentendendo. Ouve-se falar em chuva, nunca em molhado. O dirigente municipal estava pálido: parecia menos da câmara e mais da antecâmara da morte. Sim, aliás não, a pergunta era uma apenas: se o falecido divulgara as privadas negociatas, trânsitos de dinheiros públicos para riquezas privadas?

O Flávio, mui respeitosamente, vinha por aquele meio informar que nada ouvira, nada soubera, nada suspeitara.

— *Se me permite e desculpa os transtornos, digníssi-*

ma Excelência: *só consta exclusivamente aquele papel, aquele ali no chão.*

E debruçou-se para apanhar o papel. Sempre decoroso, o enfermeiro soprou a afastar intrusas bactérias, e só depois entregou o mencionado documento. O dirigente demorou a procurar os óculos nos bolsos do casaco italiano. Mas foi pôr e tirar. A mesma raiva fez rolar o papel pelo chão. O dirigente puxou o enfermeiro pelos colarinhos e soprou ameaças:

— *Sabe o que o maneta tem? É um braço a mais.*

E a comitiva, olhos em riste, aguardando ordem. Mas o dirigente se deu costas, passos ecoando no corredor. O enfermeiro olhou o papelito enxovalhado no chão. Algumas letras escapavam-se legíveis. Flávio espreitou e decifrou palavras avulso: "... que vos pariu".

Por fim, esgotadas as visitas, Flávio Rescaldinho regressou ao quarto do moribundo. E quando se esperava o solene silêncio se escutaram, afinal, farfalhudas gargalhadas. Dizem que vinham de dois peitos, duas almas em pleno uso da vingança. Confirmando o ditado: a vingança não se serve. Apenas serve.

Ezequiela, a humanidade

Um certo moço apaixonou-se por uma moça, de cujo nome Ezequiela. O jovem se designava de Jerónimo. Foi amor de anel e altar. Em prazo fulminante ajuntaram destinos, ele e ela, os dois e ambos.

Até que certa manhã Jerónimo acordou e deparou com outra mulher em seu leito. Era uma branca, de longos cabelos loiros. Ele cismalhou: quem é esta? onde está minha mulher? E chamou:

— *Ezequiela!*

A moça branca despertou, assustada com o grito, e respondeu:

— *Que foi, meu amor?*

E ele: que meu amor, que meio amor. Afinal, quem era ela e como se explicava ali, em pleno leito de outrens?

— *Mas eu sou Ezequiela. Sou a sua mulher, Jerónimo.*

Ele riu-se, incapaz de tudo.

— *Como, se você é branca retinta e minha mulher é negra? Como, se os cabelos...*

— *Se acalme, Jerónimo: eu lhe explico.*

E explicou. Que ela era assim mesmo, mudava de

corpo de cada vez em quando. Ora de um tamanho, ora de uma cor. E ora bela, ora feia. Atualmente, branca e posteriormente, negra. Que ela se convertia, vice-versátil.

— *Você me ama, assim como sou?*

— *Como você é, como?*

O problema sendo mesmo esse, o da identidade exata dela mesma, a autenticada Ezequiela. E ele, pesaroso, meneou a cabeça:

— *Não posso. Você não é aquela que eu casei.*

Ezequiela lhe propôs então que, simplesmente, eles se deixassem em vida de casal, por baixo de um igual teto. E que deixassem vir o porvir. E assim foi. De modos que ocorreu que, uma noite, Jerónimo tricotou seus dedos pela seda dos cabelos dela. E os dedos se deliberaram por mais corpo dela, até se atreverem por áreas recatadas. E se amaram e, de novo, recomeçaram o enlace.

Já se habituara ao desbotado dela, à lisura de seus cabelos, quando uma noite Ezequiela acordou esquimó, peles amareladas, olhos repuxados em ângulo e esquina. E, numa outra vez, ela se indianizou, pele aperdizada, cabelos azevichados.

Mas, estranhamente: ela sempre ela, sempre Ezequiela. E Jerónimo a foi aceitando, transitável mas intransmissível. No início, lhe custava esse acerto e reacerto. Mas depois até encontrou gosto nesse jogo de reencorpagem. E amava todas as formas, volumosas, translíneas, tamanhosas ou reduzidas. Até dava jeito: ele era o polígamo mais monógamo do universo.

Até que certa vez despertou a seu lado um homem, barbalhudo e provido de músculo. Jerónimo sacudiu-

-se todo, como se se limpasse de contaminação: dormira com tal homem? Que mais partilhara com o intruso?

— *Não se atrapalhe, querido. Sou eu, Ezequiela. Sempre sou eu.*

Mas o facto é que Jerónimo se desengendrou. A sua mulher: um homem? Já se vertera em branca e em preta, baixa em alta, tudo isso, sim. Mas sempre mulher. Ezequiela o tentava sossegar mas ele, de perna atrás. Até que espreitou a esposa na casa de banho. Seria ela, integralmente, um ele? E, estremecimento geral: era mesmo. Dormia em camas afastadas não fosse ele ceder. Após uma tarde em silêncio, Jerónimo veio às falas:

— *Desculpe, mas agora é de mais. Enquanto você for Ezequiel eu fico fora...*

E saiu, sem armas nem bagagens. Dormiu sabe-se onde, comeu ao deus-dará. Uma noite, porém, ele se sentiu doente, mais quente que fogo. Em delírio se achegou a casa e deparou ainda com a esposa em fase de macho. Ela o amparou em seus braços fortes e o trouxe para dentro. Ele resistiu, tenso e afastado tanto quanto a conveniência. Ela o depositou no leito e lhe trouxe toalha fresca e uma aguinha benigna. Aos poucos, o marido amoleceu. E quando sentiu os lábios de Ezequiela lhe beijando a testa até lhe veio um gosto de adormecimento. E se abandonou mesmo estranhando um raspar de barba em seu pescoço.

No dia seguinte, Jerónimo despertou reanimado e se olhou no espelho. Estranhou a assimetria entre gesto e reflexo. Não era espelho afinal: do outro lado da moldura era um outro trajando seu próprio corpo. Quem estava ali, nu, diante de si, era ele mesmo. Trémulo, Jerónimo avançou a pergunta:

— *Ezequiela?*

E a voz, proveniente do outro, se espantou, devolvendo outra inquirição:

— *Como Ezequiela!? Você, Ezequiela, não reconhece o seu marido?*

Dois corações, uma caligrafia

Querido Adriano:

Quem escreve aqui é sua mulher, Zuleila. Se admirou? Pois, sou eu própria. Sim, você deve estar a perguntar: escrever como, se ela nem nunca pisou na escola? Como pode ela ser, agora, tão dona das caligrafias? Estou-me a rir da sua cara. Minha mulher, afinal? Sim, eu própria, Zuleila, sua esposa.
Venho lhe dizer o seguinte: que eu sei tudo, marido. Sei que vocês, tu e Esmeraldinha, se frequentam um no outro. Não se envergonha, seu sonhador de meia-cueca? Fazer isso com a exata minha irmã, trocando amores com Esmeraldinha, ainda tão menininha?
Se admire ainda mais, marido: sou eu, Esmeraldinha, que estou escrever! É verdade. Tua mulher, minha irmã Zuleila, nos descobriu. É ela que me está ditar esta minha carta dela. Aproveito meter, no meio, meus pensamentos. Com medo porque, na vez de cada parágrafo, ela me pede para eu ler e espreita no papel, finge de conta é um sapo olhando as estrelas. Parece desconfiar.

Minha mana não sabe ler letras mas sabe ler os meus olhos.

Você, aí longe, se lembra de nós? Que quê? Logo você que sempre foi pobre e mal-emagrecido. Antes, eu ainda dava culpas a quem? Ao coração. O coração chora por aquilo que não tem e morre por aquilo que consegue. Como diz o ditado: choraste pela chuva, agora choras pelo matope! Agora, só aponto em você — culpa é toda sua, caro Adriano.

Nesta linha sou ela, outra vez, quer dizer, eu Zuleila que escrevo. Você, seu desgostável, que fez na minha vida? Viveu-me às custas, só eu extraio o suor nosso de cada dia. Antigamente, ainda encontrava graça: essa estória de você contar diariamente as costelas. Sim, dava-me piadas essa brincadeira: um dia você queixava que lhe faltavam, outro dia queixava que lhe sobravam. Depois, a brincadeira foi muito repetível, já cheirava antes de começar.

Agora, meu grande belzeburro, agora sou eu que interrompo: afinal, você também punha essa brincadeira na mana Zuleila? Você prometia que essa graça era só para mim, só. Aquelas costelas todas, dúzias que eram, se destinavam exclusivamente para mim. Coitada de mim, pobre da minha irmã.

Trespasso, de novo, para Zuleila: você, marido, não queria pisar os atalhos da vida, não trabalhava. E assim, você tinha vontade para nenhuma coisa. Nem para cambalhotar. Às noites, na cama, nem desenrolávamos a esteira. Bom, cá eu não posso queixar, Adriano. Quer dizer, eu, Esmeraldinha. Noite que você vinha era meu turno na felicidade.

Se lembra, ali, no pleno mato, quando amarrámos às pressas dois pés de capim para afastar os fura-olhos? Se recorda no Quiosque Tropical, você e eu, escondidos entre as lenhas da cozinha? Quase pegámos fogo, ali! Só depois eu soube que, afinal, você também já se tinha despenteado com minha irmã no tal quiosque! Ali nas mesmas madeiras já se tinha derramado com minha irmã. Filho de uma quinhenta, você a mim me disse que tinha sido única, eu, ali no meio dos troncos toda dona e rainha.

Daquela vez que engravidei, já você me escapava, faz conta me desconhecia. Então, eu lembrei as suas palavras. Você sempre me deu um ensinamento: a mentira. Você me aconselhava assim: mente. Me dizia que eu pertencia aos fracos, a mentira era minha única defesa. Era assim que você me ensinava.

Mas não: eu, por motivo de fraqueza maior, nunca menti. Não mentia quando chorava e lhe perguntava que nome havíamos de dar ao nosso filho. E você, Adriano, você perguntava: nosso? E logo emendava: seu filho, Esmeralda. O bebé está é na sua barriga. Eu chorava ainda mais e você, todo penoso, me alisava as conversas. Deixe isso, você dizia.

E você até dizia as palavras lindas. Dizia assim: quando tiver um filho não lhe ponho nenhum nome. Dizia: quem tem nome sempre morre mais cedo. Veja as pedras: não têm nome: assim, se fazem imortais. Agora aproveito perguntar: você, maridinho, continua a se encontrar com essa outra, a Palmira?

Palmira?! Quem é essa Palmira, Adriano? Você, a mim, Esmeraldinha, nunca me falou dela. Enganou esposa e amante? Adiante, deixo que seja sua mulher a lhe bater. Só limito a escrever as palavras dela: Deus me perdoe, Adriano, mas essa Palmira pesa mais que o mundo. Dizer que é uma mulher gorda não chega. Ela é brutamontanhosa, mole e pudinhosa. Até ponho mais: a gaja é uma mulher pneumática, a carne sobrando do corpo. Deus me perdoe mas essa mulher eu só lhe imagino é sabe como? Cagando. É. Cagando, toda desnadegada como um porco. Ela nem precisa comprimir esforços. Aquilo sai só com o peso dela. Afinal, pergunto — como vocês os dois faziam-se amor?

Você pensa que entende de mentira. Enquanto não. Você mente tanto que se engana a você mesmo. Agora, quem escreve? Sim, você deve estar perguntando quem é autora, nestas linhas. Que importa? Nem eu mesma sei, nem sabemos as duas. Somos manas, nossa alma está separada apenas por um corpo. Só uma diferença nos distingue, neste momento. É que ela, sua mulher Zuleila, está pedir para você responder a esta carta. Eu, não. Eu peço: não responda. Nunca me destine palavra nada pois, se escrever, serei eu que vou ler a carta para sua mulher. E vou mentir, mentir melhor que você me ensinou.

E agora lhe confesso, no final. Nós estamos escrevendo juntas, tudo isso que falámos é mentira. Sou eu, agora, mais minha irmã Esmeraldinha que estamos a escrever duplamente. Agora, somos já as duas escrevendo, nosso coração está usando a mesma mão. Somos uma só mulher, uma só raiva. Mas esta raiva nossa será que ainda tem muito amor?

Porque eu já não aceito mentir para ela, ler aquilo

que não está. Nem ela me aceita destinar aldrabices. E combinámos tudo, uma e outra. Seu relógio que me deste, sabe o que fizemos? Dividimos, usamos cada uma em cada dia! Seus óculos escuros, que me deixaste para eu puxar o lustro, andam nos olhos de nós ambas. E melhor ainda: sua casa de duas divisões? Partilhamos, somos as coproprietárias. Sua carrinha com estofos e espelhos? Vamos mandar arranjar, toda reparadinha. Vai ver os fumos que não vamos espalhar por aí, por estradas e quilómetros. A primeira que vamos descaminhar é Palmira, sua gordurosa amante. Vamos chamá-la, convidar-lhe a sentar no banco das traseiras, até já estou a ver-lhe a bater a cuzança dela na chaparia. Nós, as três, vamos assentar muito bem na Cervejaria Pinta-Boca, beber na sua conta, tudo fiado e confiado no seu nome.

Porque, no final deste escrito, eu e minha irmã já não somos duas, somos uma só. Agora nem eu nem minha irmã somos amantes: ambas somos esposas. Mal é para você: pois nenhuma das duas lhe quer dividido, repartido. Nenhuma de nós quer metade. Agora, arranje maneira de se reduplicar e aparecer inteiro para cada uma de nós. Para que cada uma de nós lhe possa esfregar esse seu focinho de um lado e do outro. E guarde ainda uma sobra do que restar para nossa amiga Palmira, coitada, que gastou um *bâton* todo inteiro para pintar seu próximo beijo.

Assinado:
As manas

A cantadeira

Acabei a minha sessão de canto, estou triste, flor depois das pétalas. Reponho sobre meu corpo suado o vestido de que me tinha libertado. Canto sempre assim, despida. Os homens, se calhar, só me vêm ver por causa disso: sempre me dispo quando canto. Estranha-se? Eu pergunto: a gente não se despe para amar? Porquê não ficar nua para outros amores? A canção é só isso: um amor que se consome em chama entre o instante da voz e a eternidade do silêncio.

Outros cantadores, quando atuam em público, se trajam de enfeites e reluzências. Mas, em meu caso, cantar é coisa tão maior que me entrego assim pequenitinha, destamanhada. Dessa maneira, menos que mínima, me torno sombra, desenhável segundo tonalidades da música.

Cantar, dizem, é um afastamento da morte. A voz suspende o passo da morte e, em volta, tudo se torna pegada da vida. Dizem mas, para mim, a voz serve-me para outras finalidades: cantando eu convoco um certo homem. Era um apanhador de pérolas, vasculhador de maresias. Esse homem acendeu a minha vida e ainda hoje eu sigo por iluminação desse sentimento. O amor, agora sei, é a terra e o mar se inundando mutuamente.

Amei esse peroleiro tanto até dele perder memória. Lembro apenas de quanto estive viva. Minha vida se tornava tão densa que o tempo sofria enfarte, coagulado de felicidade. Só esse homem servia para meu litoral, todas vivências que eu tivera eram ondas que nele desmaiavam. Contudo, estou fadada apenas para instantes. Nunca provei felicidade que não fosse em taça que, logo após o lábio, se estilhaça. Sempre aspirei ser árvore. Da árvore serei apenas luar, a breve crença de claridade.

Em certo momento, me extraviei de sua presença, perdi o búzio e o mar que ecoava dentro. Ele embarcou para as ilhas de Bazaruto, destinado a arrancar riquezas das conchas. Apanhador de pérolas, certeiro a capturar, entre as rochas, os brilhos delas. Só falhou me apanhar a mim, rasteirinha que vivi, encrostada entre rochas.

Na despedida, ele me pediu que cantasse. Não houve choradeiras. Lágrima era prova gasta. Vejam-se as aves quando migram. Choram? O que elas não prescindem é do canto.

— *E porquê?* — perguntou o peroleiro.

O gorjeio, explicou ele, é a âncora que os pássaros lançam para prenderem o tempo, para que as estações vão e regressem como marés.

— *Você cante para chamar meu regresso.*

Minha vida foi um esperadouro. Estive assim, inclinada como praia, mar desaguando em rio, Índico exilado, mar naufragado. Estive na sombra mas não fiquei sombria. Pelo menos, nas primeiras esperas. Valia-me cantar. Espraiei minha voz por mais lugares que tem o mundo.

— *Esse homem me lançou um bom-olhado?*

Demorasse assim sua ausência, a espera não se sujava com desespero. Me socorria a lembrança de seus braços como se fossem a parte do meu próprio corpo que me faltasse resgatar.

Para sempre me ficou esse abraço. Por via desse cingir de corpo a minha vida se mudou. Depois desse abraço trocou-se, no mundo, o fora pelo dentro. Agora, é dentro que tenho pele. Agora, meus olhos se abrem apenas para as funduras da alma. Nesse reverso, a poeira da rua me suja é o coração. Vou perdendo noção de mim, vou desbrilhando. E se eu peço que ele regresse é para sua mão peroleira me descobrir ainda cintilosa por dentro. Todo este tempo me madreperolei, me enfeitei de lembrança.

Mas o homem de minha paixão se foi demorando tanto que receio me acontecer como à ostra que vai engrossando tanto a casca que morre dentro de sua própria prisão. Certamente, ele passará por mim e não me reconhecerá. Minha única salvação será, então, cantar, cantar como ele me pediu. Entoarei a mesma canção da despedida. Para que ele me confirme entre as demais conchas e se debruce em mim para me levar.

Mas, na barraca do mercado, eu canto e não encanto ninguém. Ao inviés, todos se riem de mim, toquinhando o dedo indicador nas respetivas cabeças. Sugerem assim que esteja louca, incapazes que são de me explicar.

Esta noite, como todas as noites antes desta, apanho

minhas roupas enquanto escuto os comentários jocosos da assistência. Afinal, a mesma humilhação de todas as exibições anteriores. Desta vez, porém, aquela gozação me magoa como ferroada em minha alma.

Nas traseiras do palco, uma mulher me aborda, amiga, admirada do meu estado. Me estende uma folha de papel, pedindo que escrevesse o que sentia. Fico com a caneta gaguejando em meus dedos, incapaz de uma única letra. Pela primeira vez, me dói ser muda, me aleija ter perdido a voz na sucessiva convocação de meu amado. Me castigam não as gargalhadas dos que me fingiam escutar mas um estranho presságio. É então que, das traseiras do escuro, chega um pescador que me faz sinal, em respeitoso chamamento. Sabendo que não falo, ele também pouco fala.

— *Lhe trago isto.*

Suas mãos se abrem na concha das minhas. Deixa tombar uma pequena luminosidade que rola entre os meus dedos. É uma pérola, luzinhando como gota de uma estrela. Lhe mostro o papel onde rabisquei a angustiosa pergunta:

— *Foi quando?*

Ele apenas abana a cabeça. Interessava o quando? Aquela era a maneira de o mensageiro me dizer que o meu antigo amor se tinha desacontecido, exilado do tempo, emigrado do corpo.

— *Enterraram-no?*

Mas a interrogação, rabiscada na folha, não cumpre seu destino. Silencioso, o pescador se afunda nas trevas com a educação de ave noturna. Fico eu, enfrentando sozinha o todo firmamento, monteplicado em pequenas pérolas. E escuto, como se fosse vinda de dentro, a voz desse peroleiro:

— *Cante! Cante aquela canção em que eu parti.*

E lanço, primeiro sem força, os acordes dessa antiga melodia. E me inespero quando noto que o mensageiro regressa, arrepiado do caminho que tomara. No seu rosto se acendia o espanto de me escutar, como se, em mim, voz e peito se houvessem reencontrado.

Homem no leito

Lázaro está no leito de morte. No quarto se penumbram muitos familiares. O velho tio está sobre a esteira sem roupa, mais despido que um sapo. Passaram dias de coma, sem comer, sem beber. Apenas lhe entornam, de vez em quando, uma tanta água. Não bebe pela boca, bebe pelo corpo. Assim dizem os fúnebres acompanhantes.

Nessa tarde, porém, o moribundo ergue a mão, num aceno de lenço murcho.

— *Está a chamar!*

Os parentes se aproximam, curiosos. O moribundo mantém-se de olhos fechados. Agora respira com mais peito. Começa a balbulir, quase insonoro.

— *Está a falar! Calem-se...*

Debruçam-se sobre o leito para melhor escutar. A voz dele vai ganhando contornos.

— *Dois, dois pássaros...*

Os presentes se entreolham. Dois pássaros? O homem está a delirar. Uma das mulheres entoa um choro. Uns se alarmam: visões de ave não trazem boas novas.

— *Calem, não barulhem. Estou a falar...*

Era o moribundo, mais ciente e ordenoso. Já todo instalado na voz, prosseguiu:

— *Me entraram dois pássaros nos olhos.*

Os familiares estranharam. Houve quem gargalhasse. Mas o receio dominou: afinal, o tio falava de olhos fechados. E houve quem recriminasse:

— *Lázaro, pá! Não brinca-nos. Nós estamos aqui, nas lágrimas.*

— *Estou falar.*

Ouvissem-no, então. Porque, segundo dizia, dois pássaros o tinham levado, ele subira em asas, voara de sonhar, se azulara por nuvens e alturas.

— *Andei por lá, estes dias, sabem que eu vi?*

Ninguém respondeu. Tio Lázaro falava sempre de olhos fechados. Mas mesmo antes, em saúde e vida, ele cerrava os olhos quando palavreava.

— *Vi pedras. Há pedras lá no céu, pedras de cores, cores redondas. E vi mais. Vi ovos de montanha.*

Mais risos.

— *São ovos de onde nascem as montanhas.*

Lázaro agarra o braço de um dos filhos e aperta-o com força. O filho faz um esgar e, a chorar, avisa os outros:

— *Ele está-me a aleijar!*

O moço, aflito, roga para que os mais-velhos intervenham. Mas é Lázaro quem mais se ouve:

— *Escutam bem. Eu não quero que vocês me enterrem aqui.*

As respostas são confusas. Uns dizem: você não vai morrer, papá. Outros perguntam: mas aqui onde?

— *Aqui na terra da terra.*

Alguns risos, deflagrações de nervos. O braço do doente se ergue, apontando os céus.

— *Há um lugar para vocês me enterrarem lá.*

— *Fazemos tudo que está no seu desejo. Mas não abre os olhos, pai?*

— *Não posso, filha.*

— *É que amarrota o peito ouvir o senhor assim. Abra os olhos, lhe peço.*

— *Não posso. Senão saem os pássaros e eu logo acabo de vez.*

De repente, parece que o peito lhe estancou. Morreu? Não. Uma mão lhe força as pálpebras, abrindo os olhos. Ainda alguém tentou evitar aquele gesto. Tarde de mais. Pois, no instante, deflagram duas manchas brancas que emergem do rosto. Os familiares se espantam: se trata do não-ver da morte? Pela janela se escapam aquelas brevíssimas visões, cegas e luaminosas dançarinas.

O homem, todos estão crentes, se definitivou. Contudo, a sua mão está tensa, encerrando um misterioso quê. Abrem-lhe com firmeza os dedos. Tomba uma pedra negra que se quebra em casca. Parece um ovo. E, de dentro desse vazio, começa a emergir uma montanha.

Na berma de nenhuma estrada

Estou aqui no sopé da estrada, à espera que alguém me leve. Um qualquer, tanto faz. Basta que passe e me leve. É meu sonho antigo: sair deste despovoado, alcançar o longe. Até já cansei este sonho. Meu tio sempre me avisou: não durma perto da estrada que as poeiras irão sujar seus sonhos. E aconteceu. Mas eu, nem se acredita, eu sempre gostei de poeira porque me traz ilusão dos caminhos que não conheço.

Assim, vou santificando os dias, sempre iguais, no mesmo-que-mesmo. Me ajeito de belezas emprestadas, peço roupas às vizinhas, pinto-me com sobras de maquilhagens que apanho na loja do Tio Josseldo. Me exibo na margem, os camiões vão passando, uns e todos. Nenhum para para mim. A vila de Passo-Longe é tão longe que nem saudade aqui chega. Ao fim do dia, me olho no espelho da cantina e nem me reconheço. Porque dentro de mim há qualquer coisa de falecida, a secreta desistência de mim — nunca ninguém me vai carregar.

Aquele é o único espelho da nossa vila. O Tio até cobra quem nele se espreita. É por tempo, nunca mais de cinco minutos, não vá desbotar o brilho do espelho. De regresso à loja do Tio Josseldo, eu fico olhando a tabuleta — a Boutique Pinta-Bocas — e agradeço aquela dádiva de existir um parente que me seja familiar. Ali durmo, bem enroscada, que é para a noite nem me notar. Embrulhada, à moda de quarto minguante.

Dia seguinte, volto a pintar os lábios enquanto meu tio vai repetindo sua ladainha:

— *Pode pintar os dois, de cima e de baixo.*

— *Obrigada, titio.*

— *Agora, fala a verdade: não é que ninguém lhe queira levar. Você é que sempre inventa razão para ficar. Confessa lá, sobrinha.*

— *Não é verdade, tio. Eu só quero ir daqui.*

— *Você há de ficar na soleira da estrada.*

Há, sim, motoristas que param. Pensam que sou prostituta. Confundem o intento de minhas vestes. Mas não é meu corpo que ofereço. O que entrego é minha vida. Só mostro minhas redonduras por vaidade, convidação das carnes. Minha vaidade é estar viva. Os outros são outros, juntos é que somos gente. Só eu padeço de mim, envelhecida de esperar, mais baça que o espelho da loja.

Não quero alegria de morcego que sai para o mundo quando já tudo anoiteceu. Quero sair quando ainda tenho mocidades para viver, peito encostado na alma. Tenho inveja da chuva: tomba e logo muda de nome. Termina a chuvinha e começa a água, acaba o corpo e começa a substância.

Veja-se: brincar é a primeira festa que a vida nos

oferece. Depois, vem o sonho, segundo festejo. Agora, o que eu quero: a vida me ofereça uma festa para mim. Porque, antes, eu não tive criancice nem sonho. Meu pai saiu cedo, minha mãe, em seguida, perdeu o prumo do juízo. De meus pais só tenho lembrança de uma tarde que se repete como se fosse o tempo inteiro. Ainda estado e havido, meu pai não me dera nenhum nome. Minha mãe reclamava:

— *Mas como lhe hei de chamar?*
— *Há de se ver, mulher. Há de se ver.*

Respondia como sempre falava: há de se ver. Não fazia nenhuma ideia.

— *Lhe vá chamando só assim: menina.*

Meu pai foi-se, escoado na estrada. Nesta mesma estrada onde eu me alinho, mais minhas monotonalidades. Foi nas minas, não voltou. Minha mãe ficou tão pasmada no regresso dele, que ela nunca saiu daqueles aguardos. Os vizinhos até inventaram um fingimento: fazia-se de conta que chegavam lembranças, encomendas que eles mesmos improvisavam.

— *Seu marido lhe trouxe isto, Dona Constança.*

Tudo de mentira. Minha mãe se comovia até às lágrimas. Homem bom, nunca esquecido dos deveres. Tão bom que nem existia, concluíam em silêncio os vizinhos. Como eu queria não saber daquela mentira, acreditar como minha mãe acreditava.

Por isso eu, agora, quero tanto ter saudade de alguém. No entanto, não tenho ninguém em quem deitar amor. Podia gostar do Tio Josseldo que me tem tomado conta. Mas não quero. Amor é como dever de religião

— a gente não tem folga. Eu quero é distração para o meu peito. Alívio de canseira. Quero uma estrada para meu coração. De ida sem volta. Só para o além.

Daí que assim: eu quero sair daqui sem ter que mudar de chão. Porque, me disse o Tio, lá num outro lugar, as estrelas que brilham são iguais às daqui. Eu sei que ele, mesmo mentindo, está com a razão. As vezes que eu já viajei, rumei para os desmundos. Tudo em delírio. Quantas vezes o belo motorista abre a porta de um camião e me pergunta sobre o meu destino.

— *A senhorinha segue na cidade?*
— *Não, vou para a outra, a seguinte.*
— *É que depois não há mais cidade. Depois não há mais lugar nenhum.*
— *É exatamente aí que eu vou.*

Riem-se. Dizem sou louca. Por pouca sorte, não sou. Quando somos loucos a vida nunca nos faz mal. Eu sou é de outra vida, não venho de ninguém, nem vou para nenhum Deus.

Lembro tudo isto hoje e me parece despedida, agora que escurece diante de tudo e é noite fora e dentro de mim. Passo na lojinha de Josseldo e lhe agradeço as pinturas — hoje não, Tio, hoje não preciso. E ele estranha, fica à porta vendo-me afastar, no ritmo lento das poeiras. Não envergo sequer o vestido de chama-olho. Nada. Eu, simples, só de capulana. E dobrada em mim, como mandam os modos de mulher do campo. O Tio Josseldo vem a correr à sombreira da porta e ainda lhe escuto perguntar se bebi o chá das três-noites. É bebida que enlouquece, junta insónia de três noites. E ele me pede que volte, aquilo pode matar. Mas eu já passei o último poste, me entranhei lá, onde a estrada foi mastigada no escuro.

Estou ali, quando para um carro velho, mais chapa que viatura. De dentro, escuto a roufenha voz:

— *Ainda não tem nome, você?*

Nem olho, não levanto o rosto que é para obedecer à educação. E a voz insiste, para meu espanto:

— *Então lhe chamo de menina que é o melhor nome que eu sei.*

E eu, menina por primeiríssima vez, entro no carro e fecho a porta, com cuidado, temendo despertar ruído. Já sentada e sem olhar para nenhum lado ainda ousei:

— *E vamos onde?*

— *Há de se ver.*

O amante do comandante

Vou contar-vos o que se passou há muito tempo no sítio que antepassou este nosso lugarzito. Certa uma vez chegou à nossa aldeia um barco carregado de marinheiros portugueses. O navio não se afeiçoou à praia. Ficou ao largo, escondido nesse longe onde nascem os cacimbos. Os visitantes ficaram lá fechados, sabe-se lá que fazendo.

Até que, dias passados, do grande barco saiu uma pequena canoa que se aproximou da costa. Nela vinham três portugueses, enroupados e barbalhudos. Com eles havia a mais um preto, como nós. Não era da nossa gente mas falava nossa língua. Esse tipo escuro desceu e acenou um chamamento:

— *Quero falar com as humanas pessoas daqui* — disse ele.

E deu a seguinte mensagem: que o comandante do navio carecia de um homem urgente e imediato. Que serviço esse homem deveria executar? Serviço de amor, respondeu o tal preto que acompanhava os brancos.

— *De amor?*

Sim, de amor carnudo, quer dizer, trabalho de rasga-panos, espreme-corpo, afaga-suspiro. O povo tentou endireitar entendimento: que esse comandante necessitava era de mulher, dessas bastante cheias de polpa e sumo.

— *Não, ele precisa é um homem.*
— *Um homem?*
— *Sim, um homem. Preferência, um que fale uma porçãozita de português.*
— *Mas, desculpa: um homem?*

Porém, a delegação visitante já rumava de volta ao barco. Ficou-se nessa dúvida: seria lapso do tradutor? Entregava-se um masculino ou uma feminina? O caso era de séria maka. Das duas: ou era lapso do língua e mandassem um homem masculino isso seria motivo de castigo por parte dos portugueses ou, se o intérprete falara direito e então mandassem uma mulher polpuda, esperar-se-ia igual zanga. Não se queria ofensa com os brancos. E reuniram-se os mais-velhos, a acertar verbo com intenção. No final se consensou: o pedido tinha o sexo certo.

— *Pediram macho, entregamos macho.*

Haveria, sim, que lhe dar o devido e inadiável andamento. Não se queria desobediência com os tugas.

— *Mas mandamos o qual homem?*

Os aldeões perguntavam-se. Até que um dos mais-velhos opinou:

— *Já sei, mandamos Josinda.*
— *Josinda? Mas sendo ela fêmea, já parideira e tudo...*

Mulher, sim, mas tão pouco feminina que, às primeiras vistas, passava por homem. Sendo que estranha, masculosa e grosseira. Não fosse ela ter tido filhos nem se daria por ela ser, realmente, fêmea.

O mais-velho autor da proposta sustentou a ideia. Josinda vinha mesmo a calhar, dourando sobre azul: ela era meio-termo, carne e peixe, ambivolátil. Ainda por mais, ela falava a língua dos brancos.

— *Nós mandamos Josinda com outro nome, raspamos os cabelos, vestimos-lhe de homem. Pelos sins, pelos nãos.*

Saiu um miúdo a correr com mandato de comparecimento da mulher-quase-homem. Encontrou a moça sereiando pelas praias, à procura do príncipe viúvo.

— *Josinda, venha nas pressas: estás ser precisada com os brancos.*

— *Espera que vou puxar lustro nos meus panos.*

— *Nada disso, você vem assim mesmo, dessa forma.*

— *Mas assim com roupas de meu pai, pareço mesmo ele.*

— *Por isso mesmo. A propósito, você vai dizer que se chama Jezequiel.*

— *Jezequiel? Porquê Jezequiel, nome de macho tão feio?*

— *Os portugueses gostam muito desse nome.*

Josinda se apresentou aos mais-velhos. Eles ordenaram muito conselho, tudo em segredo, boca-na-orelha. Lhe sugeriram o fingimento dos modos, engrossar de maneiras. Por fim, ela se aprontou e se dirigiu ao barquinho dos portugueses. Falou com o marinheiro que vinha buscar a encomenda:

— *Lhe gosto de ver nessa farda, luzidinha, o senhor soldado.*

— *Sou alferes.*
— *Desculpa, pensava que fosse militar. Me enganei, quem não se engana? O único que não tropeça é o pássaro que avoa no céu.*

E lá foram, engolidos pela noite. Os velhos ficaram toda a noite acordados, receosos das novidades. De madrugada, entre o cacimbo, se vislumbrou o barco dos soldados.

— *Então, como foi?*

Josinda estava de pé dentro do barco, embrulhada nos panos, só os olhos espreitavam. Mas esses mesmos olhos se repletavam de água: a mulher chorava, coisa que nunca lhe fora vista na vida. E assim, em pranto, ela se afundou silenciosa na escuridão. Os velhos, assustados, se despediram dos portugueses, sublinhando nos respeitos.

Mais tarde, se fez a delegação junto à porta de Josinda. A curiosidade fervia: o que teria feito chorar a mulher? Bateram. Mas ela obstinou um silêncio.

Na noite seguinte, viu-se aproximar um barco com soldados. O povo, receoso, em cachos, na praia:

— *Vem nos matar a todos!*

Mas os portugueses não puxaram de violência. Perguntaram por Josinda.

— *O nosso comandante precisa outra vez desse Jezequiel.*

E uns jovens foram mandados, súbitos, na demanda da desejada mulher. Chegaram a casa dela, explicaram as exigências. Mas Josinda negou, sacudindo a cabeça:

— *Digam que não me encontraram.*
— *Mas os portugueses...*

— *Deixem-me.*
A voz dela era um não, redondo, incontornável. Insistiram, ameaçaram, imploraram. Nada. Os jovens regressaram à praia, de mentira improvisada. Que desde manhã que ninguém punha as vistas no dito e cujo Jezequiel. Os soldados deixaram promessa: um prémio caso o descobrissem. E a embarcação fez-se de regresso ao navio, acabrunhada como um luto.
Na manhã seguinte, vieram dois barcos: os militares desembarcaram e se espalharam a vasculhar casas e matas. As gentes se contraíam, temedrosas. Deram com a casa de Josinda mas estava vazia. Não sobrara rasto nem sequer vizinhança dela. Ao fim da tarde, terminaram as buscas e os soldados se remeteram ao grande navio. Ficou um português, encarregado de obter informação sobre esse mencionado amante do comandante. Começou por modos bravios. Que matava, incendiava, violava. Depois, se adoçou em promessa:
— *Eu dou dinheiro a quem disser. Dou todo o dinheiro que quiserem.*
— *Todo!?*
— *É que vocês nem imaginam como sofre o nosso comandante. Nunca o vimos assim.*
Era madrugada quando se viu desembarcar, despenhado e despenteado, o lusitano comandante. Saltou ainda em água, avançou para terra firme, aos berros tresdoidados. Indagava por Jezequiel, rondava em círculos, todo ele fora das órbitas. Depois, tombou em si, debaixo dos próprios ombros, esgotado. Ficou assim, nebulado e rócheo, durante longos momentos. À sua

volta, os soldados aguardavam, indecisos. Passou-se um dia inteiro, sem água a ir nem a vir. Até que o militarão deu ordem: eles que regressassem ao barco, levantassem âncora e partissem.

— *E o nosso comandante?*
— *Eu fico.*

E ficou. Primeiro, junto às maresias. Depois, partiu pela savana à procura de seu amante de uma noite só. A última coisa que fez ao abandonar a praia foi empunhar um pequeno pauzinho e gatafunhar a areia. Ninguém ali sabia decifrar aqueles desenhos. Mas um soldado português que ainda regressou à praia admirou-se de ver escrito no chão: Josinda.

O assalto

Uns desses dias fui assaltado. Foi num virar de esquina, num desses becos onde o escuro se aferrolha com chave preta. Nem decifrei o vulto: só vi, em rebrilho fugaz, a arma em sua mão. Já eu pensava fora do pensamento: eis-me! A pistola foi-me justaposta no peito, a mostrar-me que a morte é um cão que obedece antes mesmo de se lhe ter assobiado.

Tudo se embrulhava em apuros e eu fazia contas à vida. O medo é uma faca que corta com o cabo e não com a lâmina. A gente empunha a faca e, quanto maior o pulso, mais nos cortamos.

— *Para trás!*

Obedeci à ordem, tropeçando até me estancar de encontro à parede. O gelo endovenoso, o coração em cristal: eu estava na antecâmara, à espera de um simples estalido. Cumpria os mandamentos do assaltante, tudo mecanicamente. E mais parvalhado que o cuco do relógio. O que fazer? Contra-atacar? Arriscar tudo e, assim sem mais nem nada, atirar a vida para trás das costas?

— *Diga qualquer coisa.*

— *Qualquer coisa?*
— *Me conte quem é. Você quem é?*
Medi as palavras. Quanto mais falasse e menos dissesse melhor seria. O mautrapilho estava ali para tirar os nabos e a púcara. Melhor receita seria o cauteloso silêncio. Temos medo do que não entendemos. Isso todos sabemos. Mas, no caso, o meu medo era pior: eu temia por entender. O serviço do terror é esse: tornar irracional aquilo que não podemos subjugar.
— *Vá falando.*
— *Falando?*
— *Sim, conte lá coisas. Depois, sou eu. A seguir é a minha vez.*
Depois era a vez dele? Mas para fazer o quê? Certamente, para me executar a sangue esfriado, pistolando-me à queima-roupa. Naquele momento, vindo de não sei onde, circulou por ali um furtivo raio de luz, coisa pouca, mais para antever que para ver. O fulano baixou o rosto, e voltou a pistola em ameaça.
— *Você brinca e eu...*
Não concluiu a ameaça. Uma tosse de gruta lhe tomou a voz. Baixou, numa fração, a arma enquanto se desenvencilhava do catarro. Por momento, ele surgiu-me indefeso, tão frágil que seria deselegância minha me aproveitar do momento. Notei que tirava um lenço e se compunha, quase ignorando minha presença.
— *Vá, vamos mais para lá.*
Eu recuei mais uns passos. O medo dera lugar à inquietação. Quem seria aquele meliante? Um desses que se tornam ladrões por motivo de fraqueza maior? Ou

um que a vida empurrara para os descaminhos? Diga-se de paisagem que, no momento, pouco me importavam as possíveis antecedências do criminoso. Afinal, é do podre que a terra se alimenta.

Fomos andando para os arredores de uma iluminação. Foi quando me apercebi de que o assaltante era um velho. Um mestiço, até sem má aparência. Mas era um da quarta idade, cabelo todo branco. Não parecia um pobre. Ou se fosse era desses pobres já fora de moda, desses de quando o mundo tinha a nossa idade. No meu tempo de menino tínhamos pena dos pobres. Eles cabiam naquele lugarzinho menor, carentes de tudo, mas sem perder humanidade. Os meus filhos, hoje, têm medo dos pobres. A pobreza converteu-se num lugar monstruoso. Queremos que os pobres fiquem longe, fronteirados no seu território. Mas este não era um miserável emergido desses infernos. Foi quando, cansado, perguntei:

— *O que quer de mim?*

— *Eu quero conversar.*

— *Conversar?*

— *Sim, apenas isso, conversar. É que, agora, com esta minha idade, já ninguém me conversa.*

Então, isso? Simplesmente um palavreado? Sim, era só esse o móbil do crime. O homem recorria ao assalto de arma de fogo para roubar instantes, uma frestinha de atenção. Se ninguém lhe dava a cortesia de um reparo ele obteria esse direito nem que fosse a tiro de pistola. Não podia era perder sua última humanidade — o direito de encontrar os outros, olhos em olhos, alma revelando-se em outro rosto.

E me sentei, sem hora nem gasto. Ali no beco escuro lhe contei vida, em cores e mentiras. No fim, já quase ele adormecera em minhas histórias, eu me despedi em requerimento: que, em próximo encontro, se dispensaria a pistola. De bom agrado nos sentaríamos ambos num bom banco de jardim. Ao que o velho, pronto, ripostou:

— *Não faça isso. Me deixe assaltar o senhor. Assim, me dá mais gosto.*

E se converteu: desde então, sou vítima de assalto, já sem sombra de medo. É assalto sem sobressalto. Me conformei, e é como quem leva a passear o cão que já faleceu. Afinal, no crime como no amor: a gente só sabe que encontra a pessoa certa depois de encontrarmos as que são certas para outros.

Os amores de Alminha

Descobriram que Maria Alminha há mais de meses que não ia às aulas. A moça faltava por regime e sistema, enviuvando o banco da escola. A diretora mandou chamar a mãe e lhe comunicou da filha, vítima de prolongada ausência. A mãe, face à notícia, não tinha buraco onde se amiudar.
Assunto de menina diz respeito à mãe. Assunto de rapaz também. Assunto de mãe não diz respeito a ninguém. Assim, a senhora fez o percurso para casa como se aquilo não fosse um regresso. Como sequer não houvesse destino.
Tinha sido assim a vida inteira: o marido sentia vergonha de ter gerado apenas um descendente. Ainda por cima uma filha. A menina se tornara incumbência de sua mãe. Noite e dia, ela sozinha se ocupava. Ganido de cachorro, gemido de filha? Tudo sendo igual, sem motivo para perturbação de pai. Só ela se levantava, atravessando a noite com cadência de estrela. Pelos escuros corredores, seus passos se cuidavam para não despertar nem marido nem a filha já readormecida.

Agora, regressando da escola a mãe parecia ainda noturna. Os mesmos passos leves para não incomodar o mundo. Chegada à casa, segredou ao pai. Os dois ruminaram o pânico: anteviam Alminha metida em namoriscos. Mas que namoro, se nem rapaz se lhe via? Ou seria motivo pior? Nem ousaram mencionar a palavra. Mas droga era o receio mais escondido. Decidiram nada dizer, adiar conversa. Urgia apanhar Alminha em flagrante. O pai logo invocou parecenças hereditárias com a mãe. Aquilo era doença de mulherido. Antes tivessem tido rapazes. Que esses são tratáveis, espécie da mesma espécie. O homem descarregava: tivera irmãos, tios, primos. Nenhum nunca desmandara.

— *Essa miúda não sabe a quantas desanda.*

E ordenou que fossem vasculhados a pasta e os materiais escolares. Procurava-se sinais de desvario. Nada. Livros e caderninhos todos ordenados. Apenas um caderno, feito à mão, causara estranheza na cabeceira. A mãe abriu, espreitou as linhas e leu, em voz de se ouvir:

— *Hoje lhe vi. Gosto de espreitar seu corpo, assim branco, no meio de tanto sujo deste mundo.*

Um branco? A miúda andava metida com um branco. O pai, então, se disparatou. Como é? Não lhe chega a raça? Quer andar por aí, usufrutífera, em trânsitos de pele?

— *Não quero cá dissos* — rematou.

E pegou no caderno com fúria de tudo rasgar. Esticou os braços e estreitou as pálpebras para enxergar melhor. Mas logo devolveu à mulher o objeto do crime:

— *Leia você que os meus olhos já estão todos a tremer, meu coração está num feixe nervoso.*

Antes de ler, a mãe olhou demoradamente o caderno. Havia uma disfarçada ternura em seus olhos? Passou a mão como se afagasse o papel. Aquilo não era um diário, que ela não tinha fôlego para tanta rotina. Na capa se lia: "meu temporário". Cada semana ela anotava umas escassas linhas. Eram magras palavras, só engordando nas entrelinhas. Na página, já roída pelos dedos, a senhora leu, a lágrima resvalando na voz:

— *Hoje vi-o a nadar e me apeteceu atirar para a água, me banhar nua com ele.*

— Nua? Viu, mulher, como isso vem da sua parte? Porque você a mim nunca me viu nu nem muito menos a banhar-me em aquáticas companhias. Isso é mania de mulherido. Adiante, mais adiante! — ordenou.

Queria que ela continuasse lendo mas não queria ouvir mais. Abanava a cabeça, pesaroso. Nua? Na água? A moça andava por aí, rapazeando-se com este e aquele?

— *Nunca pensei ser tristemunha de tanta vergonha.*

Antes de lhe descer mais pensamento, o pai já tomara decisão: expulsá-la de casa. E que nem conversa. Não valeu o pranto, não valeu nada nem ninguém.

— *E sai já hoje que amanhã pode nem haver dia.*

A moça se foi, quase se extinguindo da história. Não fosse a mãe, inconsolada, se ter votado a seguir o encalço de Alminha. Mas nem rasto nem cheiro. Onde refazia seu existir? Ter-se-ia internado na casa do tal amante, o segredado branco?

Até que, certa vez, a mãe descobre a moça, ténue, na bruma do jardim público. Se cortinando entre arvoredos, a senhora a seguiu. E viu a filha sentar-se no banco, triste como quem espera o invindável. Alminha ficou olhando o lago, as águas já fétidas de nem tratadas. De longe, a mãe espraiava o olhar em sua menina, desatenta ao tempo e na gente. Quase não se continha, no desejo de a trazer de volta. Não tardaria que ela a retomasse em seus braços e a reconduzisse à antiga casa. O pai haveria de esquecer, amolecido em perdão.

De súbito, ela viu o rosto da menina todo se iluminar. Alguém se aproximava, entre os bambus. Seria, por certo, o tal amante. A mãe fincou os olhos, pronta à revelação. Mas eis que, em vez de pessoa, ela vê surgir um cisne. A ave caminhava, deselegante, parecendo coxear das ambas poucas pernas. O bicho veio direito e direto ao banco de Alminha. Ali se postou, volteando seu longo pescoço em redor da moça. Ela se deixava acarinhar e de dentro de seu saco retirou umas quantas migalhas que espalhou no chão. A ave não debicou logo, em modos de bicho. Antes, deitou a cabeça no colo de Alminha e ali se deixou, fazendo do tempo um infinito.

A mãe ainda se ergueu, dando gesto à sua vontade de rever e reaver a sua menina. À medida que se aproximava, porém, seus passos esmoreceram ante o amor que ela via se trocando, amor que ela nunca saboreara em sua inteira vida.

E pé ante pé ela se retirou, como se, de novo, cuidasse não despertar a sua menina no sossego do quarto natal.

O escrevido

Bernardinho nasceu quando já nada era uma vez. Neste tempo em que os animais quase nunca falam. O que ele queria, desde que a luz o vira, era ser personagem de uma história. Rezava para que um escritor o escolhesse como invenção, a pontos de sua vida se esfumar sem rasto nem memória.

A vida é a estrada andando sob o pé do tempo. Bernardinho não era nem pegada nem caminho. Viver não era seu verbo. Ele apenas ficava. Como pedra à espera de ser casa. Fazia de despropósito: esperava pelo enrolar dos acontecimentos. E se nada nunca sucedesse, ele se deixaria ficar como molde para outra existência.

— *Sou apenas formato para um que me há de ser.*

Para se ser apoderável por ficção é preciso não ser. E assim ele se suspendia, alma desempregada. Para quando, um dia, chegasse o escritor, ele pudesse oferecer sua alma intacta, ausente de feito e de desfeito.

— *Se eu fosse casa escolhia ser janela.*

Porque a janela é da casa o que não é, o vazio onde ela sonha ser mundo. Assim explicava o Bernardinho.

Se escuta o pássaro chorando aquando põe o ovo? Se vê o germinar do feijão? Ninguém escutava o Bernardinho. Nem havia paciência para seus argumentos lengalengosos. O homem se enredava em enigmas. E perguntava:

— *Então, a cobra não muda de pele?*

Ele queria mudar de alma, rastejar sua envelhecida alma pelas pedras, pelos galhos, até ela se prender em algum gancho e se despedir do corpo.

Enquanto tudo isso, Bernardinho procurava escritores e se oferecia para tema. Durante anos, quase vidas, andou se sugerindo como prostituta em plena noite. Até que um escritor aceitou. Era um artista perdido, nem se dava que houvesse. A sua existência tinha naufragado em nenhuma. Tivesse, por isso, quase nome de navio — Tiotanico.

— *Estou com carência de ideia* — disse ele no primeiro encontro. — *Você me alimente e eu, em troca, o liberto da vida real.*

E o Tiotanico explicou-se: a história que estava criando era de uma viúva. Mas estava com dificuldade em imaginar o falecido. Andava às voltas sem chegar a nada. Faltava pessoa ao personagem. E ele, às voltas, sem achar substância. Pior que pentear peixe, aquilo era a prova que há duas sem três.

— *Você me pode ajudar a compor o personagem.*

Bernardinho aceitou de alma. O escritor que fizesse dele um falecido, esse que faltava para fins da literatura. Tiotanico começou logo a obra: o entrevistou para colher inspiração sobre o expirado. E ficou horas inquirindo, anotando, gravando.

Bernardinho chegou tarde a casa e encontrou sua mulher, Margarida, chorando.

— *Que se passa?* — perguntou ele, aflito.

— *Bernardinho morreu.*

O homem se espantou. A esposa transitara para o juízo finalizado? Que devia fazer para desfazer a falsa impressão dela? Respondeu, passando a mão pelos cabelos dela:

— *Não. Eu estou aqui, você apenas não me vê.*

— *É o contrário, eu o vejo mas você não está.*

Foi assim o modo de desaparecimento de Bernardinho. Existia mas não havia. O homem era legível mas apenas palpável nas entrelinhas. Ele a si mesmo se sentia, escutava seus passos de noite. Chamava por ele mesmo e não recebia presença. Mas afinal havia um sentimento estranho, lá no fundo dele. Lá, bem dentro, ele estava contente, e quando queria estar consigo mesmo, ele visitava Tiotanico e pedia que o escritor lhe falasse do falecido.

E assim foi sendo. Certa vez, o escritor lhe confessou que redigia a última página. A viúva se decidira suicidar, insuportando o peso da saudade. Bernardinho foi sacudido pela ideia — matasse o escritor a personagem e sua esposa morreria em real realidade. Fazia o quê para deter a previsão? Corria a casa para avisar a esposa? Não podia. Como faísca a decisão lhe ocorreu — tinha que matar o escritor, roubar não só a escrita mas a ideia da escrita. Meu dito, meu desfeito. Bernardinho matou o escritor e regressou a casa, apto e apressado em retomar a sua realidade.

À porta, Margarida se surpreendeu ao vê-lo e perguntou:

— *Senhor Tiotanico?*

O falecimento

O marido se aproximou da esposa, pesaroso e desabou:
— *A minha mulher morreu.*
A esposa se arrepiou. Sorriu para aliviar-se da brincadeira de mau gosto. Mas ele, lágrima espontando na axila do olho, fechou assunto:
— *Faleceu.*
E se afastou para derramar tristezas. A mulher, sem maneira, acreditou que o marido se desajuizara de vez. Se aproximou dele e tocou-lhe no ombro. Emendou o gesto, dando-se conta de que aquele era um gesto de enlutado consolo.
Nessa tarde, vestindo negro, ele se dirigiu ao jornal para mandar imprimir a devida necrologia. Dali passou pela agência funerária. Regressou, desfeito. Se afundou no sofá, perante a esgazelada mulher.
— *Já tratei das exéquias, tudo vai ser amanhã.*
— *Posso ir ao funeral?*
Ele nem olhou, ocupado com o seu vazio. Demorou para responder que não, que o melhor seria ela ficar ali,

tomar conta da casa. Talvez houvesse visitas, convinha ela permanecer.

— *Vou só. Nunca partilhei tristeza. Só alegrias é que temos direito de dividir.*

E lá foi, manhã seguinte, emagrecido entre as gotas da chuva. A mulher ficou na varanda, olhando o marido se afastar, como se desconhecesse aquele com quem vivera mais de trinta anos. Hora do poente, ele voltou, repleto de angústia. Se derramou, corpo mínimo, alma já em trânsito.

— *Nunca a vida me foi tão vazia e, assim, tão pesada.*

Ela não se chegou, respeitando a fundura daquela solidão. O homem olhou-a, enrodilhada num canto, e perguntou:

— *A senhora vai ficar cá por casa, esses dias?*

Ela gaguejou um sim, quase calada. Ele a tratava como se ela fosse parente distante, desconhecível vizinha de muito longe. E lhe mostrou o quarto onde ela podia arrumar uns panos.

— *Se almofadeje aí.*

Aquela noite, junto do lume, ele se enroscou como uma interrogação. Ficou de rosto ocultado entre os joelhos. Rezava sem oração. Ela lhe perguntou de um chá, quem sabe a ajuda de um esquecimento. Lhe passou uma xícara, mais os fumos doces que ele aspirou antes de falar.

— *Essa mulher que eu perdi, nunca mais existirá uma...*

E contou como a conhecera, glosou saudades sobre

os primeiros namoros. Aquilo que ele lembrava estava coberto de enfeite, rebordado a ternuras tantas que ela se comoveu às lágrimas. O marido a amava assim, afinal?

Nas noites seguintes, lhe pediu que ele falasse desse amor tão resplendoroso, para ela se guarnecer de fantasias dessa outra que, não vistas as coisas, era ela mesma. E, de novo, o desfiar das ternuras. Certa vez, o homem se emocionou tanto que a palavra lhe tropeçou na garganta. E nem o soluço reabriu caminho às falas. Ela se decidiu então pôr fim a tudo aquilo. Se ajoelhou em frente a ele:

— Marido, sou eu a sua mulher!

O homem a olhou com estranhamento. Perscrutou o rosto dela, demorou um enrugar de testa, sorriu e disse:

— Eu sei quem você é...

— E então?

— Não mereço a mentira, vizinha. É muito bondade sua esse fingimento mas eu tenho que aceitar a verdade desta morte.

E continuou: que ele estava na aprendizagem de sua viuvez. A vizinha lhe deixasse com sua sozinhação, um homem necessita inventar terra depois do dilúvio.

— Mesmo assim eu lhe agradeço, querer fazer passar-se por ela.

A senhora se deixou, calada, contendo-se. E por mais muitas noites, ela escutou aquela saudade se desfiando como um rosário em seus ouvidos. O homem se infindava em lembranças de carinho, poetando até amanhecer sobre essa amada cuja outra jamais ele poderia encontrar, virasse mundo e revolvesse noites.

E assim, em infinitas revisitações de um amor, ele foi envelhecendo e perdendo o sucessivo respirar. Só ela nunca envelheceu, sem idade nem em corpo nem em alma. Quem sabe por já ter falecido há mais tempo que sua própria vida.

Os gatos voadores

Havia e vivia um agentamento num certo prédio, tudo em alegres conformidades. A todos faltava o pão mas nenhum ralhava e todos tinham razão. Uns e outros bem avizinhados, conversas ganhando intimidade de paredes e ouvidos. Naquele edifício todas as paredes eram paredes-meias. As brigas eram sempre sem caso, apenas um tropeço na confraternidade. A pessoa discute com o mundo para se apaziguar com a vida.

Pois, no prédio tudo decorria sem correria. E nem estória haveria não fora certa noite, quando o Roulenço acordou o edifício gritando:

— *Um gato! Vi um gato a voar!*

Risos. O tipo se variara, sonhâmbulo, estragado de visão. Mas ele, no patamar, insistia: diante da janela lhe passara uma gatazana, cheia de sete vidas e bem miaudível. Desbichanara-se defronte da janela, rumo aos céus. De nada valiam as juras: os testemunhos de Roulenço se desbotavam nas gerais risadas. Vertia-se tudo na conta da brincriação até que o vizinho Diamantífero se juntou à multidão mais lívido que a plumagem sem a garça:

— *Também eu!*
— *Também o senhor, o quê?*
— *Também eu vi um gato a esvoaçar.*

Aí, já esmoreceram as risadas. Ninguém ousava descrer do juízo integral do Doutor Juiz, o vizinho Edmundo Diamantífero. Ele constituía o cartão-de-visita dos restantes moradores, ponto de honra do lugar. Todos diziam: moro no prédio do Doutor Juiz, e logo tudo se prestigiava. Bastava invocar o seu nome em vão e, por instante, parecia que o prédio tinha água, luz e que o elevador, avariado desde há anos, estava descendo e subindo que nem alma visitando os céus. Todos ganhavam da evocação do nome do Doutor. Houvesse multa: estava perdoada. Houvesse dívida, mesmo externa: estava saldada.

Gatos voadeiros? Sabe-se lá, nos tempos que morrem. Desfincou-se o pé e fez-se fé: se o Doutor vira, então ali havia realmente gato. Montou-se guarda, renovou-se a vigilância. O vizinho rasteiro, o Bonifácio, até foi ao fundo do arrumário recuperar as vestes de miliciano. O caso não era para menos. E logo também o reformado general Edmando Boné, um glorioso da libertação, assumiu o comando das operações. Que ali era assunto de rechaçar, repelir, desbaratar. Emboscaram-se os homens no obscuro das esquinas. Tudo sob estratégia urdida e mandada do general. Dispersaram-se por andares e patamares, munidos de paus e pedras. Viesse o que nem houvesse: ali não passaria.

Guardaram e aguardaram. Quem passou foi o tempo, pingado em mil ponteiros, pesando na pálpebra e no cansaço dos moradores.

Até que, repente, se escutou um horrendo berro, vindo do último andar. Acorreram todos, arrepio na glândula, matracas em riste. Chegaram ao terraço, arfejantes, e depararam com o miliciano Bonifácio entornado em pleno chão. Em esgares de terror, o homem apontava o parapeito:

— *Pa... passou por ali!*

Olharam o patamar e, mais além, a abismaceira da noite. Mas nada, nada mais que um volatear de inseto, súbitos pirilampejos, ali e além. Sacudiram o Bonifácio, afinaram-lhe a língua, sequiosos do depoimento. O heroico combatente tinha sido derrubado pela visão: um gato trespassara o espaço, em gatafunhos de voo. Sim, o bicho planara em redor da casa, propagando-se a vertiginosa velocidade, miando mais que sirene de polícia. Manchado de medos nos fundilhos, o Bonifácio se arrastou amparado pelo general que repensava novas táticas de escada e emboscada.

E as visões se repetiram, noite após noite: gatos riscando o céu em meteóricas desaparições, quais felpudinhos cometas num ecrã de cinema. Aquilo era o quê: um *cat-man*? O terror se confirmou entre os moradores. As versões se misturavam e engrandeciam. Já não eram apenas gatos mas monstros que tracejavam os céus. Uns começaram a mudar de casa. Assombros não podem coabitar com a humanidade. Só quando esta última se garante como senhoria e recebe a certeira renda do medo alheio.

Um dos primeiros que anunciou que se iria transferir foi o façanhudo Bonifácio. A família recebeu a proclamação em prantos. Quem mais reagiu foi a filha, uma quatorzinha, denominada Xandinha. A menina diatribou, invocando os feitos heroicos do pai contra a agressão rodesiana. E implorou, suplicou, ajoelhou.

— *Pai, não vamos embora. Por favor, lhe peço...*

Mas o pai disse tudo num silêncio. E se deitaram, conformados. Essa mesma noite, altas horas, o Doutor Diamantífero ouviu suaves pancadas na porta. O juiz, aterrado, já anteouvia asas e garras raspando a madeira. Mas a Xandinha fez escutar a sua voz, bem humana, bem menina. Diamantífero entreabriu e a miúda voltou a falar:

— *Doutor, abra. Sou eu, sua vizinhinha.*

E entrou, acompanhada de dois moços de paupérrimas aparências. O juiz holofoteou os rapazes, estranhoso.

— *Quem são estes?*

— *Estes... são eles.*

— *Eles quem?*

— *Os gatos.*

O juiz deu um passo atrás, já empunhando um cabo de vassoura. Mas a Xandinha se interpôs, acalmando os ânimos. E explicou-se, sumária: que os moços não seriam exatamente gatos mas pescadores.

— *Pescadores?*

A miúda desistiu das palavras. Puxou pelo braço do juiz e ordenou: venha! O Doutor Diamantífero deixou-se conduzir e foi subindo os andares até chegar ao terraço.

— *Vamos, suba!*

Subir mais? O juiz estranhou: há degraus para o céu? Mas Xandinha se adiantou e os dois miúdos guiaram o velhote para a casinha das máquinas do elevador. Entraram e, no meio do escuro, se começou a enxergar uma imitação de casebre, duas esteiras, uns tantos ou quantos caixotes. Logo se acomodou ideia no jurista: os dois moços viviam na cabina do elevador. E, de facto, ali se residenciavam desde que o aparelho se avariara, paraplégico, entre terraço e sótão. O Doutor cirandou pelo lugar. Seus olhos já haviam desmatado o escuro quando vislumbraram duas canas de pesca. Nos anzóis balançavam iscas de peixe seco.

— *Os gatos... sim, fomos nós que pescámos.*

E a Xandinha se apertou num abraço ao moço maior e suplicou:

— *Nos ajuda, Doutor?*

O juiz pisca-piscou os olhos e sorriu, benevolente. Os miúdos saltaram de alegria, e o mais velho não conteve um convite:

— *Janta connosco, Doutor?*

Os vizinhos

As famílias se davam, cordiais, unha e sabugo. Não havia dia que não trocassem favores, emprestassem alegrias, esmiudaçassem conversas. Aquilo era como se não houvesse paredes. Ou que não tivessem ouvidos: digamos que uma família única distribuída em duas casas contíguas.

Chegavam ao ponto de partilhar o mesmo cão de guarda. O Silvester Estaline, assim se chamava o bicho, ensinado a patrulhar os espaços comuns da escadaria. Revezavam-se e vice-versavam-se nos cuidados do cão: um dia uns, outro dia outros. No meio das duas casas, o bicho aprendera a repartir fidelidades. Ele só tinha uma única matilha.

As famílias se vizinhavam tanto e por tanto tempo que os filhos acabaram por se namoriscar. Ela, de um lado, ele, do outro, começaram por trocar melosos bilhetes. Depois, dizem as línguas, já partilhavam travesseiro. Sem licença dos parentes. Mas não havia prova, só o cão poderia testemunhar.

— *Começámos vizinhos, caminhamos para compadres.*

Assim se aceitava o entretrançar dos destinos dos clãs. Até que começaram as notícias. A televisão falava de conflitos étnicos. Assunto pequeno e longínquo. Mas alastrando grave como contagiosa doença. Nem as famílias sabiam bem o que era isso de "étnico". Num jantar em comum, o mais velho do lado de lá assegurou que o termo deveria ser "técnico" e o conflito era o que opunha o treinador aos jogadores do clube. Sendo o clube o mesmo das duas famílias. E beberam em honra dos futuros golos, vitórias e taças.

Mas as notícias se adensaram, como as nuvens em Novembro. Já todos sabiam o que era isso de "étnico". E falava-se de conflitos que, para além de divisões rácicas, tinham base religiosa. Até que se começou a falar de escaramuças militares. As famílias deixaram de escutar em comum o noticiário televisivo. Porque sempre se degenerava em querela. Até que o vizinho da esquerda bateu à porta do outro e lhe perguntou:

— *Desculpe, vizinho mas você tem raça?*

O outro, pesaroso, acenou que sim. Que tinha. E era, exatamente, a outra raça, a contrária, a verdadeiramente pura. Não o disse ao outro. Para não o vexar.

— *Desculpe, eu nunca reparei.*

— *Pois, lá em casa, nós já comentámos sobre a vossa etnia.*

Descobriram, súbito, que pouco tinham a esclarecer. Em silêncio, a porta se fechou, parecia nem haver mão que a movesse. E mais que a porta, era o coração deles que se fechava.

Não houve mais visitas. Durante um tempo, os namorados ainda se encontraram no vão das escadas. Às escondidas. Mas o cão, o Silvester Estaline, denunciava a sua presença e os moços se separavam, chamados pelas vozes severas. Não tardou que fosse o último encontro. O grave foi o seguinte: ninguém lhes deu essa ordem de separação. Era coisa que eles absorveram do noticiário — a irreconciliável diferença entre suas culturas.

Os vizinhos liam, escutavam e ganhavam novos entendimentos do universo. Tudo ganhava uma nova lógica: havia a História, a religião, as tradições — tudo isso sempre os dividira. E as famílias se interrogavam: como puderam ter sido amigos?

Uma tarde, a moça tiquetateou os dedos na janela do antigo namorado. Queria saber uma última coisa: a religião dele qual era? A bem dizer, o moço nem sabia bem. Foi dentro, ao pai, para confirmar. Depois, veio a resposta: que era a outra, a única, a verdadeira. Mas qual? Isso o pai não explicara. A moça ainda tentou posterior esclarecimento mas a cortina foi puxada, por conveniência de silêncio.

A distância foi dando lugar ao ódio. E à convicção de que a culpa dos males mundiais residia ali ao lado. Desgraças passadas e futuras só tinham uma única e fácil explicação: os outros, ali à mão de serem condenados.

Certa noite, um dos vizinhos tomou a drástica decisão — agredir os outros, apanhando-os em desprevenção. O plano era simples, tão simples quanto a raiva: matar o chefe do anexo clã. Conheciam-se os movimentos do inimigo. Bastava emboscar o outro nessa rotina, ali no obscuro pátio.

E assim foi. Matraca na mão, o vizinho matador perseguia passo-ante-passo o vizinho morredor. Mas, eis que: um súbito e inesperado vulto. Era o cão, sabotando suas intenções. O outro vizinho se virou e perguntou o que se passava. Há muito que já não se falavam. Ficaram ali trocando pequenas falas, sobre assuntos práticos. Até encontraram gosto na conversa, uma ponta de saudade dos tempos. Combinaram os turnos nas passeatas a dar ao Silvester. Despediram-se, com gesto e palavras hesitantes. Já no umbral da porta, ambos tomaram decisão de regressar atrás. E os dois acariciaram o cão, comungando um mesmo envergonhado sorriso.

A adivinha

Há o homem, isso é facto. Custa é haver o humano. A vida rasga, o homem passa a linha, a costurar os panos do tempo. Mimirosa, a menina, nada sabia desses acertos. Nem sabia que tudo é um jogo, passatemporário. Acreditava ser a vida simples como molhado e água, poeira e chão. E assim, em tamanho não aparado: os seres em infância, as coisas sem consequência.

Seus pais se preocupavam. Passava a idade e a filha demorava a aprender o regime da realidade. Que há deveres, e as contas do ter e haver. E o ser é apenas a aresta do que resta.

Quem mais esbanjava a miúda era sua avó, Ermelinda. A senhora se convertera em parceira de infância, sempre em díspares disparates. Em meia palavra: era companhia de se evitar. Os pais de Mimirosa assim julgavam. A menina devia conter excessos, acatada na disciplina do existir. A escola, em primeiro lugar. A avó, sabia-se, desprezava a escola. E dizia-o, em aberto. Que se aprende mais é fora da escola, no calor da família, em redondezas dos afetos.

Mimirosa estava, por isso, proibida de frequentar vovó Ermelinda. Não queriam que fosse vista nem junto nem perto. A menina era conduzida, de mão acompanhada, até às imediações escolares, onde já não poderia desviar direção. Imaginava-se. Porque ela, mal se soltava das vistas, se internava no atalho que desembocava na casa da avó. Ali gazetava dos deveres, entretida nos nenhuns afazeres. Conforme os olhos distraídos da velha ela ajudava a aplacar o tempo, inventando uma irrazoável razão. E, assim, passavam as horas, com conversas de temperar a tarde. Até que, inevitável, chegava o momento da adivinhação. A adivinha: esse era o maior encantamento de Ermelinda — nesse jogo ela aprendera o entendimento do mundo. A neta a acompanhava, com igual entusiasmo. Mimirosa tudo decifrara exceto o preferido enigma da velha. Que era:

— *Qual é um rio que só tem uma margem?*
— *Isso é coisa que não pode, avó! E do outro lado: fica o quê?*
— *Pense, se ensine. Já sabe o prémio que há de haver...*

Não havia prémio, nunca houve. Única recompensa era o estarem as duas, ali, no escondido do mundo. A velha deixava o mistério perdurar, pairada, parada. A pergunta labirintoava na cabeça de Mimirosa. Podia um rio assim? Ou já se viu a estrada correr sem o amparo das ambas bermas?

— *Mas há o prémio de verdade?*
— *Se adivinhar vai acontecer mesmo: o tempo há de parar.*

— *Jura, avozinha?* — berlindavam-se os olhos dela.
Voltada a casa, a menina era inquirida pelos pais. Perguntas sem encanto nem mistério, coisas de calcular o futuro: quando fores grande já escolheste o que vais ser? Simplesmente, ela não sabia querer ser grande. E, assim, sua ausência na resposta.
— *Ela vai ser doutora hospitalar* — vaticinava a mãe.
— *Pois eu digo: será contabilística para fazer crescer o dinheirinho* — preferia o pai.
— *Não queremos é que sejas como nós* — consensuavam os dois parentes.
A menina se admirava: eles não gostavam de si mesmos? Por que razão queriam que ela lhes fosse diferente? Como deviam ser infelizes, coitados. Só a avó gostava de ser como era, cuidadosamente desarrumadinha. Só Ermelinda contava a sua vida como um milagre de acontecer. Só ela tinha o brilho de uma história.
Até que, uma tarde, veio o alvoroço. A avó Ermelinda se sentira mal, dores no peito a anunciar um tremor de coração. Nunca ela declarara doença. Naquela tarde, porém, ela se prostrou. E assim ficou, passível de ter fim. Não deixaram a neta visitar o quarto onde a avó se adoentara. A senhora não reconhecia ninguém, se convertera em fundo escuro. Nenhuma luz a trazia à superfície de si mesma.
E, assim, somaram-se os dias, sem melhorias para Ermelinda. Mimirosa, obrigada e vigiada, voltou à escola. O seu olhar fingia percorrer o caderninho, mas tudo nela era ausência. A sombra do morcego se desenha no

teto? Pois o pensamento da neta não saía do mesmo assunto: saudade de sua avó. A gente sente nostalgia é de uma vida que nunca tivemos.

Até que, um dia, a menina suspulou da carteira e se flechou porta-afora. Escapou da escola e correu pelos campos. Ninguém a viu penetrar na penumbra da casa, ninguém suspeitou que se anichara, ofegante, na cabeceira da moribunda avó.

— *Avó, sei a adivinha!*

No rosto da senhora nenhum sinal, nem uma ruga se alterou. Parecia Ermelinda já cruzara aquele risco feito na água, a definitiva fronteira.

— *Lembra a adivinha, vó? Aquela do rio de um lado só?*

Como de Ermelinda não houvesse gesto, os olhos da menina se atabalhoaram de água, sentida sozinha no grande mundo. A mão dela ainda arriscou tocar no braço da avó. Mas teve medo. E se chorou! O caderninho, órfão, em suas mãos, sofreu a catarata das lágrimas. Até que os braços do pai a puxaram. Primeiro ela cedeu. Já no corredor se esgueirou, por um instante, e voltou ao quarto para depositar o caderno escolar no leito da avó. Estava aberto numa figurinha do oceano, mais suas criaturas profundas. E a voz da menina, tombada com um derradeiro lenço:

— *É o mar, avó. Esse cujo rio: é o mar.*

Se retiravam daquele luto, todos mais Mimirosa, quando os dedos da avó tatearam o ar e, cegos, chegaram até ao caderno. Suaves, acariciaram o azul da imagem. E o caderno começou a pingar. Primeiro gotas, depois água gorda e cheia. E o caderninho se estuou como um rio. Como se o papel não mais contivesse aquela toda imensa água.

E para o baile!

Amor com amor se apaga. Palavras de meu Tio Albano, reformado mas não conformado. Muito eu me orgulhava naquele parente: a malta da rua sacrificava tudo para receber as boas conversas do Tio Albano. O velho tinha um só assunto: mulheres. E sempre no plural. Que o dito sujeito — a mulher — não tem singular. Pelo menos, creditando em Tio Albano.

— *A mulher é uma nuvem: não há como lhe deitar a âncora.*

E ele que sabia de mulher! Já namorara centenas, perdera-lhes a conta. Meu pai sorria, condescendente:

— *Seu tio é um contador.*

Mas a malta nem punha sombra de dúvida. Nós estávamos estreando nossa machice e, para ceder sentido épico àquela missão, necessitávamos de um herói, alguém que nos transbordasse de histórias e venturas. E os feitos do reformado eram de convidar coração e alma. Às vezes, fingíamos não acreditar mas era só para dar condimento à lembrança dele. Deitávamos um abre--boca em sua memória.

— Tio Albano: foram assim tão tantas que lhe perdeu a conta?
— Bom, com mulher a gente perde a conta mesmo que seja uma única.
As perguntas se atropelavam. Como é que umas iam e outras vinham? Albano se solenizava e nem refletia para ripostar: a decisão de começar é do homem mas quem decide acabar são elas. E avançava a moral:
— *Você nunca se prenda a nenhuma. Aquilo é liana em busca do chão.*
Mas isso era no tempo em que não havia doenças. As pessoas morriam era de não darem gosto ao corpo.
— *Não é como agora, vocês* — o Tio abanava a cabeça, incapaz de aceitar. — *A vida é que é minha padroeira* — rematava sempre.
Distraída protetora porque, certa manhã, Tio Albano morreu. Acordou sem vida, deitado em sua cama, vestido de fato e gravata. Bem trajado, em respeito da derradeira transação. O homem da minha idade já se deita preparado, dizia ele. E assim sucedeu-se. Nos fúnebres rituais, a malta do bairro, seus aficionados, estava presente, em peso e variedade de tristezas. Por trás do desalento, porém, alimentávamos uma escondida expectativa. Esperávamos que as namoradas do falecido comparecessem às centenas na missa de corpo presente. Todavia, na cerimónia não havia nenhuma mulher. Só quando a terra do cemitério começou a ser deitada sobre o caixão é que surgiu uma única, oblonga e bela mulher. Vestia de luto e assim, por cima de sua elegante magreza, ela lançou

para dentro da cova não uma flor mas uma amarrotada qualquer coisa.

Todos se foram menos essa estranha mulata que ficou ali prostrada. Ao princípio, parecia que rezava. O que fazia, afinal, era cantar. Quase em surdina ela entoava "quando calienta el sol...".

Retirei-me com meu pai. No caminho para casa meu velho parou junto ao parque. Já não havia jardim, nem canteiros. Tudo estava destruído. Mesmo do laguinho de águas verdes onde nadavam gansos já não restava senão um charco fedorento. Um cisne de asa partida ainda por ali chafurdava nas lamas. O bicho sonhava com a partida para um mais aquático lago? Sentámos e meu velho ficou pastoreando longos silêncios. Eu não queria que a mão da tristeza o chamasse para longe. Por isso lhe perguntei:

— *Era o quê aquilo que a senhora atirou para cima do caixão?*

Meu pai olhou o mutilado pássaro e sorriu. Depois, passou-me a mão sobre o cabelo e pareceu esquecer-se de existir, por um curtinho tempo. Me pediu paciência para uma história. Meu pai jamais me contara uma história. Ele era o invés do falecido irmão que se multiplicava em enredos. Por isso, me dediquei a escutar.

O era uma vez dele começava num baile do Clube do Ferroviário, nos meados do século. Ali se juntavam brancos, mulatos e alguns negros assimilados da vila. As noites de dança eram ritual afamado, aquém fronteiras. Muitos namoros se iniciaram naquelas festanças. Nessa noite, os pares mudavam e giravam em animação de arco-íris.

De repente, o baile foi mandado parar. Deflagrou o

maiúsculo e perentório "para o baile!". Ficou-se tudo em maiores expectativas. Naquele entrementes, sobe ao palco o mestre-de-cerimónias, com ar enfático e pomposo. Puxou a voz e repuxou as bandas do casaco branco:

— *Pede-se a quem encontrar na pista de dança um soutien de senhora que o entregue à gerência.*

Ficou tudo parado, queixo abatido, alma desmontada. Até que uma voz, entre o público:

— *Soutien de senhora? Haverá outros?*

E risos. Primeiro tímidos e depois ruidosos como chuva em telha de zinco. Os comentários se cruzavam: já se vira perder muita coisa em plena bailação mas nunca ninguém deixara escapar uma peça das intimidades. Enquanto os alaridos gozosos se distribuíam, o Tio Albano se achegou a meu pai. Vinha lívido, enchido de tremências.

Havia que fazer qualquer coisa, com certeza aquele soutien era de Maria Prudência, sua apaixonada. E a revelação — a espantosa descoberta para os meus ouvidos — era essa: Albano nunca teve namorada que fosse. Apenas aquela obsessiva e insubstanciada paixão, assunto condenado a nunca acontecer. Porque a moça era dada a aventuras, corpo mais visitado que as cascatas da Namaacha. Ela não lhe ligava nenhuma por Tio Albano ser tímido, mais comportado que sacristão.

— *E se for dela, o soutien?*

Se fosse dela seria o fim da moça, pois o pai era um furiabundante, de despenhar pancadarias com fivela. O fulanão não suportaria vexame daqueles. Havia que tomar as medidas.

— *Mas você o que tem com isso, mano? Se desatarraxe disso, mas é.*

Albano já não estava ali. Desandou mas não foi para seu habitual canto solitário. Até que, mais um tanto tarde, se observou, para a geral perplexidade, o Tio Albano a despontar no palco e pedir alocução. Olhou, meio estrábico, o microfone. O som da voz trémula ecoou pelo salão quando inquiriu:

— *Esse metrofone está ligado?*

Gargalhada geral. O que fazia ali aquele miúdo magrizelas, incapaz de gerar sombra, sem dom de palavra nem atributo de presença? O tipo não dava uma para nenhuma caixa, não dançava e se atrapalhava só em se apresentar em presença de alguém.

— *Subi nesse palco para dizer o seguinte...*

Ficou por ali. Bloqueado, desvalvulado. Era tal a surpresa que se avolumou curiosidade. Esperassem a continuação: o tal seguinte o que era? E instigaram-no:

— *Fala, rapaz!*

E ele, depois de gaguejar e vozear em branco, acabou dizendo:

— *É meu!*

A sala agitou-se em incompreensão — era dele o quê? E como já a bebida circulava às demasias, a gente desatou aos apupos, apressando o desfecho daquela vagância. O gajo que se despachasse que já se estava a adiar a rodopiação. Albano ergueu as mãos a pedir o obséquio de um silêncio. Houve clareiras na vozearia. E o moço voltou à carga em espantosa declaração:

— *O soutien é meu!*

Não se ouviu um pio, nem o rodovoar de mosca. Afinal, o moço vinha ali confessar mariquices, camufladas mulherices? Aquilo era humilhação demasiada. Como podia ele se sujeitar à eterna maudição, condenando o seu nome à sujidade das línguas!

Só meu pai sabia a finalidade do irmão. Ele sacrificara sua honra para salvar a donzela que secretamente amava. Era esse o seu segredo, que agora se sepultava na forma de uma roupa feminina junto à sua última madeira.

Na terceira pessoa

Dona Salima tratava o marido na terceira pessoa. O homem chegava, a masculinas horas da noite, e ela se levantava, olhos foscos a espreitar o corredor. Quando o marido se apresentava, ela lhe sussurrava:

— *Ele já chegou!*

O homem, cúmplice, aceitava ser nomeado como um terceiro. Se convertia, assim, em ausente e outro. Se achegava à mulher para escutar as terríveis ameaças contra ele próprio.

— *Um dia lhe faço ver a estrela.*

— *Deixe-lhe lá, Dona Salima. Deixe-lhe, é melhor assim...*

Ele passava o braço por sobre o ombro arqueado dela, poente sobre a telha gasta da casa. Toda ela era suspiro, o cansaço das mulheres todas de todos os tempos. As pálpebras limpam os olhos de poeiras. Que pálpebras limpam as poeiras do coração?

— *Nem o senhor sabe o que esse homem me desvale...*

— *Lhe deixe, Salima, nem merece dedicação de tristeza...*

Já na penumbra do quarto, prosseguiam falando dele como se um outro fosse, estranho aos dois. Depois se deitavam, o marido mantendo fingimento de visitante. E sempre o outro sendo o motivo, a queixa, a lágrima.

Sendo que quanto mais ela se adoçava ao gesto dele, menos ele era o marido próprio, todo emparalelado com ela, o quente dele no resvalo do calorzinho dela. O amor é deitar o fogo para apagar a água?

Salima, a par e laço, amolecia sua fúria enquanto confessava as raivas que sentia pelo desatinado respectivo. O homem se entrechegava e lhe desenhava umas quantas carícias nas flores da pele. Os dois corpos se igualavam, água e chuva. Se uniam os dois lados da noite. Depois dos amores, ela vinha à janela e espreitava o escuro.

— *Sabe? Assim, vista pelas coisas, até já lhe perdoei.*

O marido, fumando no leito, enrolava a língua de satisfeito. Lhe parecia escutar os galos, desempregados porteiros da madrugada. Sempre é assim: os astros iluminam a noite, as aves iluminam o dia.

O sorriso na esquina de sua boca confirmava: não é homem verdadeiro quem não sabe usar a lágrima de mulher como um trapo em que enxugamos nossas inconfessadas sujeiras. Assim pensava ele, macho vitorioso naquele jogo de a si mesmo se estranhar. A mulher estava desgastada no miolo, tirasse ele o devido proveito dessa loucura.

Certa vez, quando ele galgava a meia-noite, a mulher esperava-o com uma catana. O homem estremeceu ao ver o rebrilho da arma nos nervos da mulher.

— *Isso... mulher, aliás Salima...*
— *Isso o quê?*
— *Essa catana é para quê?*
— *Para lhe espetar a pança dele.*
— *Do seu próprio marido?*
E ela: que ele nem era seu e nem marido. Um ordinário que merecia nem a consideração de morte marcada. Ele acenou afirmativamente. Pensou ser prudente concordar. E até lhe encorajou a razão: que aquilo que o fulano lhe fazia, por teimosia da ausência, já era de mais. O marido, sim, repisava o risco. Mas ela ponderasse: fizesse contas à morte, antes do crime. Dona Salima, porém, escutava para não ouvir. O marido que ousasse entrar, porta adentro, e se veria quantas gotas tem um sangue.

E ficaram sentados, os dois, encarando a porta que demorava em se abrir. Passou o tempo, amainou-se o peito. O homem sorriu, mais tranquilo e consolado pela loucura de sua mulher. Nem louca sabe ser, disse de si para seus silêncios.

Se ajeitou na cadeira e até adormeceu. Despertou, depois, com um ruído na porta. Se consumou num espanto: ali, abrindo a porta, era ele mesmo que entrava, camisa amarrotada, cabelos em desalinho. Esse ele, surpreso, ainda ergueu o braço quando viu, em fulminância de relâmpago, a veloz catana de encontro a seu corpo.

Agora, no bairro, diz-se: morreu-lhe o marido e o outro, igualmente marido. Erro de gramática? Lacuna de juízo de Dona Salima? Ninguém sabe ler o pensamento dela enquanto se passeia, tranquila e solene, sorrindo para as vizinhanças. Parece até incumbida de nova alegria.

Só ela sabe, dentro de seu luto: tudo é tudo em boca de todos. Essas vozes, além da gente, pouco lhe importam. Que a ela sempre lhe couberam enganos. Quem não errou, desta vez, foi sua viuvez. E assim, carente de esposo, nunca ela foi tanto pessoa. E essa pessoa ninguém mais a rouba de si.

Prenda de anos

Abriu as mãos, desconchando-as, e delas tombou a pedrinha. Os olhos da menina seguiram a queda, até se fecharem como se se protegesse do adivinhado ruído.
— *Isso que trouxe para mim?*
O pai acenou. Que sim, trouxera da viagem para o aniversário da mais nova. Uma anónima pedra, sem tamanho nem cor especiais. Ser pedra era o único valor daquela prenda.
A menina já conhecia as ofertas que lhe cabiam: pena de corvo, casca de arbusto, fragmento de chão. Tudo fragrância do natural, nada comprado nem comparável. Esses sendo seus mimos desde que nascera consumando o pensar paterno — o que se dá, quando se ama, não se compra.
A moça levou a prenda e colocou-a sobre a mesa de seu quarto. Sentou-se, sem gesto nem ruído. Assim calada, esperava que a pedra saísse do silêncio.
— *Nenhuma coisa é um qualquer nada.*
Assim aprendera a inventar nome para os muitos incógnitos objetos. Ela vestia esses pequenos desvalores

com histórias que retirava de sua fantasia. Nesse criar ela mesma se iluminava.

A restante família se opunha a este fazer de conta. Para os outros, aquilo era um desgaste de tempo, desconversação. As amigas da moça, por igual, lhe desvalorizavam as dádivas. E exibiam os seus pertences, cheios de preços. E tanto o faziam que, às vezes, a menina era roída por súbitas invejas. Como aquela que agora despontava em sua alma. Porque ela, sentada na penumbra do quarto, não lograva inventar nenhuma fantasia para a prenda de anos, algo que convertesse a pedra em coisa única.

Então, o pai entrou no aposento e igualmente se sentou. Não se imagina o que sentado se alcança fazer. É verdade: o Homem se constituiu graças à marcha. Mas foi o sentar que forjou a melhor fatia da nossa humanidade.

— *Lhe explico a palavra, filha. Paisagem vem de pai...*

A filha riu, enquanto ele lhe contava como descobrira aquela pedra, tão aquela e nenhuma mais. Começava, então, a prenda não de aniversário mas de eternidade. Conforme catava magia com suas palavras, o pai era todo dela, entregue inteiro e aparecido, como se ela fosse sempre o único motivo dele. Seu pai lhe dava um outro pai, roubando-a dessa orfandade original que nos assalta nas fraquezas.

A voz do pai dissolvia o tempo, açúcar se extinguindo em chá. Na ensombração do quarto, o mundo sumia enquanto uma pedra entrava em ovulação.

Ave e nave

A pedido da boa razão, venho explicar como minha mulher Aurora se converteu em ave, decepação de nuvem, duas metades de nada.

Não foi coisa acontecida de repente. Sempre ela teve seus pés pequenitos, coisa sem tamanho nem volume para ser calçada. Eu apreciava esses pezitos dela, uns quase chineses apêndices a contrariar sua autêntica raça de fabrico. Apaixonei-me por ela, diga-se na passagem, por aquelas suas anatomiazinhas. Certo dia, entrávamos na embarcação para a ilha e nos descalçámos para atravessarmos as águas à maneira dos humanos. Na chegada à praia, ela me pediu que lhe secasse as pernas. Apoiei seus calcanhares nos meus joelhos e lhe enxuguei com delicadezas. Ela se desgotejou, eu me gostejei. Enquanto esfregava os pés, ela fechava os olhos, ao peso do prazer. Percebi que havia uma outra boca nessa parte de seu corpo e eu a beijava. Desde aí, sempre que namorávamos eu lhe começava pelos pés, delicadas portas para sua intimidade.

Em nosso lar, ela caminhava por seus passos miudi-

nhos, pisando os cantos escuros do tempo. Eu lhe oferecia sapatos, sua maior prenda. Homenagem ao princípio de nossa paixão. O amor é o mais forte. Por isso, acaba sempre derrotado?
    Até que, certo dia, ela chegou e me disse:
    — *Veja meus pés. Estão diminuindo.*
    E me mostrou seus pezitos rareados. Com o tempo, ainda mais se reduziram. Até que lhe restaram todos os sapatos, sobrados, sem serviço. Passou a usar sapatinhos de criança, depois de bebé, depois nem nenhuns. A nudez de seus pés era a bastante e demasiada cobertura. Dia para dia, ela se reduzia nas inferiores extremidades. Até que lhe desapareceram os pés, por descompleto. As pernas lhe terminavam em tocos, sem cerimónia nem boas maneiras.
    — *Lepra?*
    Era pergunta do doutor, intrigado e enredado nos compêndios. Mas doença já vista não era. Saído do hospital eu a levava no colo, igual um filho que se carrega por demasiada infância.
    — *Já não me ama?*
    — *E porquê?*
    — *Me faltam meus pés, sua primeira paixão.*
    E aquilo ainda mais nos havia de assombrar. Pois, no seguinte, foram as pernas que murcharam, parecidas a caules sem raiz.
    E toda ela minguou, por desigual. Tronco, cabeça, braços para que vos quero. Seu corpo se consumiu, tragado pelo nada. No armário, já não eram apenas os sapatos que se empoeiravam. Os vestidos também mur-

chavam, agitados apenas por estranha e invisível brisa. A saudade, quem sabe.

Até que, no final, sobraram apenas as mãos. As duas exclusivas e cada uma. Dela não restavam mais que as mãos, como duas asas separadas.

Agora, eu chego a casa e aquelas mãos esvoaçam para mim como pombas me festejando. E se deitam como lenços tristes, na almofada junto à minha. E assim vivemos eu e — podemos dizer — ela. Fui eu envelhecendo, emagrecido no corpo mas mais pesado no gesto. Ela parece feliz, igual ao que fora. De quando em quando, ela agita o guarda-fato, animando as enviuvadas vestes.

Às vezes eu penso: Aurorinha já se foi deste mundo. Quem sabe aquela é a sua maneira de ter morrido? Mas, depois, ela me destina ternuras, seus dedos em carícias de corpo inteiro. E me despeço das mãos que são dela. Que são ela.

A confissão de Tãobela

Viram Tãobela afluir na estrada, no sopé de Espungabera. Era? Naquelas bandas, toda a visão se arrepende em miragem. Mas era, ela e ela, emergindo da neblina. Tãobela entrando, como se em estreia, no corpo de uma visão.

Descera a montanha, mais seu burrito. Sabido e comentado: que, para descer, ela pisara areias da Lua. Por isso, a primeira coisa foi mandarem que sacudisse os pés. Temiam-se poeiras que não tivessem origem em terra nenhuma.

Depois, rodearam-na, separaram-na do burro. Como que para enfraquecer seu mistério. A mudez das duas criaturas era um demasiado silêncio. Logo começaram os ditos. Dispararam a primeira pergunta:

— *Seu marido, o Natan, lhe soltou?*

Há tanto que ela não falava, que a palavra lhe trincou a língua. Seus olhos desbotados desaguaram. Tãobela era fluente em tristeza, arreigada em solidões. E nada não disse. Simplesmente, se encostou ao burro, em simetria de bicheza. O animal devolveu, em seus olhos felpudos, a doçura de nada entender.

Os aldeões mandaram que a mulher se sentasse. Sentiam, afinal, pena dela. O marido a levara, faz anos. Ciúme de tudo, suspeita de todos. Lá no topo da montanha, onde não vivia alma, a mulher não teria com quem se meter. Não que Tãobela oferecesse motivo para desconfiança. Mas ela fazia jus a seu nome: a pura beleza a sustentava. Mas o ciúme se alimenta do que é, para engordar com aquilo que não é.

Levada para essa solidão, a moça perderia contacto com a mesmo que mínima humanidade. Se desabituaria de gente. E, assim, ela acabaria ficando em si, só, simplesmente permanecida. Aos fins de tarde, Tãobela se dirigia às rochas altas, penedias. O Sol lhe dava o tamanho dos cumes. Rainha das sombras. Apenas no fugaz instante do poente ela ganhava grandezas.

Ali, então, ela cantava. Com devoção de crença. Cantar a fazia leve, o canto lhe desossava a alma. Tão levinha ficava que seus pés se suspendiam no ar, fosse ensaio de voação. Seu lamento se desenrolava em tristezas, encostas abaixo.

— *Está proibida de cantar!*

— *Porquê, marido, porquê você não permite nem meu coração?*

Ele não deu explicação. Mas o homem acreditava que, quando sua companheira cantava, aquela voz não era sua. Nem humana parecia aquela entonação. A pessoa é visionária, a ave é vozeanária? Quem sabe que amores Tãobela invocava com aqueles seus cantos? Natan nem queria suportar a dúvida. Que o viajante desaparece é em areia imovediça.

Certa noite, ela falou. E, assim, doce como se não estivesse ali, comentando um escondido crime:

— *Marido, olhe o tempo, estou ficando velha. Já nem carrego beleza nenhuma. Me deixe descer a montanha.*

— *Mulher, veja-se bem: aqui é tão alto que o tempo nem sobe. Você não vê que aqui está como o camaleão?*

Sabe-se: o camaleão é tão vagaroso que nunca chega a morrer. Era aquela a prenda que ele lhe ofertava. E, assim, Tãobela se recompenetrou de seu destino. Até que, certa vez, foi o marido que teve que sair. Deixou-a na companhia do burro. Quando regressou viu que ela estava feliz, remoçada como água depois do cacimbo. Tãobela o recebeu, palavrosa, solta e feliz. Ela lhe disse:

— *A terra que você deixou, Natan, a terra toda está aqui, completa.*

E ele, sobrolhoso, esperando que ela prosseguisse. Para a apanhar em lapso, no flagrante de um deslize. Tãobela falava, toda de seguida:

— *Só o rio continua mentiroso: faz que foi mas não foi.*

O marido desconfiou: de onde vinha tanto contentamento? O coração dela há muito se resignara, carta sem remetente. Mas agora os olhos da mulher pareciam acendidos de paixão. A angústia o sufocou: sem dúvida, havia em Tãobela o laço de um olhar. Quem foi? Quem sabe, um cujo que ela encontrara. Não podia haver outra explicação. Mas como, se aquele lugar não dava acesso a ninguém?

Resolveu naquela noite tirar o assunto na limpeza

dos pratos. Ela parecia lhe atiçar os provocos. Se excedia. Seria bebedeira, seria comedeira? Então, o marido se explanou. Que eu, mulher, mato o cabrito, verto o sangue, rezo aos antigos. Tudo eu faço por seus olhos acesos em mim. É como esses campos que atravessei. Apontou em volta: todo esse mato foi minha cama. Mas eu sempre dormi foi consigo, minha Tãobela. Mais ninguém. Só você junto a mim, só você em mim. Que ele sabia: o amor é uma apressada demora. E o amor todo não chegava para a amar.

— *Você, Natan, você nunca me quis pessoa.*

Foi o que disse. Não se desculpou, não invocou razões. Ela não queria se atenuar. Ao contrário, dali de onde estava sentada olhou o burro e, segurando na garupa do quadrúpede, falou ao marido. Ninguém nunca soube o que ela disse. Mas sabe-se que aquelas palavras fizeram desabar o coração do moço no alçapão do nada. Natan faleceu, fulminado por aquela revelação.

— *Mas disse o quê ao marido?*

Na aldeia, alguém ainda tentou saber. Mas os outros ordenaram silêncio. Temiam a resposta da mulher. Deram-lhe o respeito de um tempo calado. Tãobela fez estalar os lábios e o burro acorreu. Pronto, inclinou o pescoço sobre a moça e ela o acariciou com antiga suavidade.

Depois, se foram. A mulher e burrico. Não caminhavam estrada fora. Era estrada dentro que seguiam. E se extinguiram lá onde os ventos são quatro e o céu só é pisado pelas aves de arribação.

Rosita*

Foi há cinco dias. Me vieram dizer: você saia daqui, isto tudo ficará coberto pelas águas. Disseram que o rio ia enlouquecer. Que eu não sabia mas este rio ligava com outro e esse outro, por sua vez, se ligara à parte do céu onde os deuses guardam toda a chuva.
— *Mas este aqui, deixo-o?* — perguntei, apontando meu velho companheiro.
— *Você escolhe. Se quer viver, saia sozinho, já.*
Não saí. Falei com Makalatani enquanto ele comia, tranquilo. Decidimos os dois esperar. Não podia ser: já na guerra nos havíamos separado. Ambos perdêramos tudo, há tão pouco tempo. Quantas vezes podemos perder tudo numa vida? Fazia nem dez anos que fugíramos dos tiros, cada qual para sua sobrevivência. O meu companheiro, o velho Makalatani, onde ele se metera

---

* Escrevi esta estória com base em depoimentos que recolhi durante as cheias do rio Limpopo, em março de 2000. Rosita é uma menina que, realmente, nasceu numa árvore. A sua mãe havia-se refugiado nesse que era o único ponto alto na paisagem inundada.

nesses anos de guerra? Acreditei que não tivesse sobrevivido. Mas quando regressei a Chokwé, lá estava ele me esperando. Fiel, no lugar onde nos separáramos. A violência não o tinha azedado. Todo ele se mantinha na mesma doçura, disposto a recomeçar, sendo sempre o pouco contra o nada.

Mais uma vez, os avisos para sairmos. Outra vez deslocados? Esses que agora nos alarmavam sabiam, com tamanha certeza, dos futuros? Um pobre abandona, ligeiro, a sua pobreza? Mas, na verdade, aconteceu. Pior que acontecer; aquilo sucedeu. E foi num repente: o céu ganhou cor de terra, lembrando cuspes do diabo. As nuvens pesavam como se feitas de lama. Em tais densidades, o céu deixava de ser morado por aves.

Saímos das casas. Olhámos o firmamento. E nos veio um medo súbito: porque o céu já nem era extenso. Estava ali, à mão. As estrelas eram contáveis, os dedos de uma família chegavam para as apontar.

E, logo, vieram as chuvas, cascateando a terra. Águas imensas, demoradas, cada gota grávida e ávida. Em todo o lado nasciam veias, todo o recanto se convertia em afluente. E o rio inchou, transbordou até cobrir a imensidão.

Na primeira madrugada, a chuva já tinha desossado a estrada, engolido a ponte, mastigado os campos. Deus perdera mão nas águas. A tristeza sorriu, dentro: sempre eu quis ver o mar. Agora, o mar me veio ver a mim.

O velho Makalatani, ainda assim, só pensava em comer, alheio à chuva e aos presságios. Mas eu não. Olhava o tempo, farejava o rio. Conhecia suas parecenças — tempo e água. Ambos me levaram filhos, sonhos, riquezas. Já sentei na margem do tempo. Parei minha vida ali, deitado na berma. Descobri depois que não há margem. Tudo é correnteza, a margem só na aparência está parada. Essa corrente do tempo foi quem levou minha mulher, meus filhos, tudo.

    A noite seguinte, a água do rio subiu. Me empurrou para abrigos que eu pensara serem exclusivos dos pássaros. Escalei a árvore, subi o telhado no armazém. Makalatani subiu comigo. Ele parecia tonto, desequilibrista. Depois, se deitou, como se nada mais houvesse. E ali fiquei tremendo, olhando a desolação em volta. Meus pertences, as cabras, a casa: tudo desaparecia. Minha vida toda derramada. Só eu e Makalatani, sobre as telhas.

    Olhei mais longe, para as vizinhanças, não vi senão água. E pensei na vizinha Sofia Pedro. Ela estava grávida, bem no final do prazo. Teria conseguido escapar? Gritei por seu nome. O barulho das águas me apagou. Só Makalatani me olhava, com aqueles olhos de mulher desnudada. Eu ia perdendo natureza para pessoa. Minha pele já estava cozida, engrutadinha. Não tardaria que eu me vertesse em peixe, todo coberto de escamas.

    No dia seguinte, só bebi. Fiz concha na própria água do rio. Bebi foi água doente. Makalatani bebeu comigo mas ele nunca teve exigência com o beber. Agora, os dois nos debruçávamos como os bichos, sorvendo lamas e imundícies, nossos únicos alimentos.

    Deixei de beber quando vi bois e homens flutuando, inchados, na corrente. Disse a Makalatani que não olhasse. E fiz promessa, não podia deixar a morte me contaminar as entranhas. A morte é outro rio: de uma vez em quando, ela salta a margem e nos inunda com tamanho de um oceano.

À noite, devido das fomes, até delirei. A água subiu ainda mais, as chapas foram-se. Meus dedos sangravam de tanto me agarrar às tábuas. Eu estava assistindo a meu próprio falecimento. Ainda pensei: desisto, me atiro na correnteza. O que me fez parar foi Makalatani. Ele ali, tão suave, sabedor da espera. Ou ignorante do tempo? Meu companheiro aguardava de mim a mesma tranquilidade. Me emprestava sobrevivências.

No quarto dia, eu já nem acertava em nenhuma visão. Tudo se desfocava. Foi então que escutei uma nuvem que baixava, ruidosa. Era uma nuvem a motor. Ficou em cima, rodopiando como uma águia. Desceu um anjo branco dessa nuvem, me segurou. Eu já me aceitava a tudo. Menos deixar o meu companheiro para trás. Gritei para o anjo:

— *Só eu vou se levar também o meu Makalatani.*

O homem me gritou. O barulho, o salpicar da água, tudo aquilo, de repente, me acordou. O anjo era, afinal, um soldado sul-africano que me abria os braços, suspenso numa corda. A nuvem era um helicóptero que ventoinhava em cima do armazém onde nos abrigávamos.

Tudo, súbito, ficou claro. E gritei: vamos, Makalatani, esses vêm nos salvar. Ele desviou a cabeça, medroso das alturas. Comecei a empurrá-lo mas o peso dele não me favorecia. Gritei para o soldado:

— *Meu boi! Me ajude a carregar o meu boi!*

Nem valia a pena. O soldado não falava português. Só falava a língua dos soldados: ordens, obediências despachadas. Mas eu não podia deixar ali o meu velho boi, minha única riqueza. Com que companhia iria eu recomeçar a minha vida? Gritei, eu também, moda os militares:

— *Ei, Makalatani, entra no helicóptero, grande preguiçoso!*

O bicho, teimoso, quadrupetou-se. E eu, já em desespero: você não vai, eu também não vou. Prontos, morremos os dois, um sem o outro. E sentei-me com as poucas forças que me restavam. O soldado, então, perdeu as paciências e me enlaçou. E subi pelos ares, rodopiando feito borboleta, dançando sem outro soalho que não fosse o corpo do sul-africano.

Levado à força, me atiraram para dentro do helicóptero. Que é isso, agora? A pessoa é salva contra sua vontade? Falei para os outros, meus irmãos, que se agrupavam na barriga do aparelho:

— *Viram, compadres? Fui obrigado a deixar meu boi em cima do telhado.*

— *Que boi?* — perguntaram.

— *Meu boizão, chamado Makalatani, por batismo que lhe dei.*

Mas os outros, salvados como eu, se espantaram. Não havia nenhum boi junto de mim. E um outro até se adiantou: ele vira, arrastada pela torrente, a minha chifraria. Assistira àquilo há mais de dois dias. O animal já devia estar padecendo de pouca vida, se via um só chifre apontando os céus. Afinal nunca houvera um boi no meu telhado, eu devia estar delirado, motivo das águas sujas que bebera.

Fiquei ali, calado como um órfão. Fui olhando meus colegas de viagem. Todos pingavam: água, medo e espanto. Até que, de repente, avistei Sofia Pedro, minha grávida vizinha. Em seus braços um embrulho me fez suspeitar. Ela entreabriu a capulana e me fez ver uma menina, mais recente que um orvalho.

— *Não diga você ninhou essa menina em cima da árvore!?*

Nunca eu vira tão grande cansaço num só corpo. Mas Sofia ainda sorriu, e murmurou:

— *É Rosita, essa é minha Rosita.*

Calei-me com meus botões. Olhei a criança, meus olhos se acertaram. A menina parecia chorar. Mas não se escutava, tudo era abafado pelos motores. Sofia Pedro pegou na menina e a colocou junto ao peito. A voz estreitinha de Rosita foi crescendo, sobrepondo-se aos motores do helicóptero. Tudo se amaciou dentro de mim, uma inundação me afogando o coração. E, de novo, me vi em nuvem, flutuando como um navio. Eu viajava, junto com os meus, para esses nunca vistos campos onde meu boi pastava o matinal cacimbo.

Sim, nesse destino haveria terra. De novo, o infinito território da vida. E Rosita já nascia em mim.

1ª EDIÇÃO [2015] 1 reimpressão

ESTA OBRA FOI COMPOSTA PELA SPRESS EM GARAMOND E IMPRESSA EM OFSETE
PELA GRÁFICA BARTIRA SOBRE PAPEL PÓLEN SOFT DA SUZANO PAPEL E
CELULOSE PARA A EDITORA SCHWARCZ EM SETEMBRO DE 2016

A marca FSC® é a garantia de que a madeira utilizada na fabricação do papel deste livro provém de florestas que foram gerenciadas de maneira ambientalmente correta, socialmente justa e economicamente viável, além de outras fontes de origem controlada.